VENTE

de la

Collection Paul Balin

ÉTOFFES ANCIENNES

Broderies et Applications

Cuirs Anciens

CARREAUX DE FAÏENCES

de Perse et de Rhodes

Mᵉ SARRUS Commissaire-Priseur,

à Paris, 74, rue Saint-Lazare.

CATALOGUE

DES

ÉTOFFES ANCIENNES

Soies, Damas, Lampas, Brocatelles,
Brocards et Velours
DU XVe AU XVIIIe SIÈCLE

TAPISSERIES AU POINT

Broderies et Applications

sur soies, velours, ornements
d'église et tissus divers
DU XVIe AU XVIIIe SIÈCLE

Cuirs Anciens

Français, Hollandais et Espagnols
DU XVIe AU XVIIIe SIÈCLE

CARREAUX DE FAIENCES ANCIENNES

de Perse et de Rhodes

Ouvrages d'Art Décoratif, Reproductions Photographiques
et Collection de Copies d'Étoffes anciennes
faites dans les divers Musées d'Europe

Composant la Collection de Feu

PAUL BALIN

dont la Vente aura lieu

Vendredi 18, Samedi 19, Lundi 21, Mardi 22, Mercredi 23 Mai 1900

HOTEL DROUOT, Salle N° 7 à 2 heures

Commissaire-Priseur : **Me SARRUS**, 74, rue Saint-Lazare

EXPOSITION PUBLIQUE

Les Jeudi 17 et Dimanche 20 Mai 1900, de 1 h. 1/2 à 5 h. 1/2

CONDITIONS DE LA VENTE

La vente sera faite au comptant.

Les acquéreurs paieront *cinq pour cent* en sus des prix d'adjudication.

L'exposition mettant le public à même de se rendre compte de l'état et de la nature des objets, aucune réclamation ne sera admise une fois l'adjudication prononcée.

Paris. Imprimerie de l'Art, E. Moreau et Cⁱᵉ, 41, rue de la Victoire

 *a Collection d'Étoffes anciennes, Broderies et Cuirs, qui va être mise en vente ces jours-ci, a été formée depuis environ trente-deux ans par mon ami feu Paul Balin, qui avait acquis une très grande et méritée réputation dans la fabrication de Papiers peints de luxe, imitations d'Étoffes, Broderies, Cuirs anciens, etc., pour la décoration des appartements.*

Toutes les pièces de cette Collection, composée par Paul Balin avec un goût très délicat, furent recherchées et choisies par lui, pour la beauté de leur dessin et la pureté des formes, en vue d'une adaptation raisonnée à la fabrication de ces Papiers artistiques qui, pendant longtemps, eurent une réputation universelle.

Chacune de ces adaptations était étudiée avec une telle entente de l'ensemble qu'elle devenait une création, et que, toutes, elles resteront comme modèles pour Tentures murales d'appartements en Papiers peints et estampés.

Sollicité par les héritiers de mon regretté ami, j'ai dû chercher, avant d'en rédiger le Catalogue, ainsi qu'ils m'en ont témoigné le désir, à réunir et classer cette belle Collection que je connaissais depuis longtemps, et que je voyais s'augmenter chaque année.

Je crois avoir réussi à y mettre assez d'ordre et de clarté, et j'espère que les Amateurs, les Musées d'Arts Industriels, les Bibliothèques pour l'Enseignement, ainsi que les nombreux Manufacturiers d'Étoffes tissées et brodées et de Papiers peints, trouveront là des documents sérieusement choisis, et pourront profiter utilement du long travail de cet homme intelligent que fut Paul Balin.

ARTHUR MARTIN

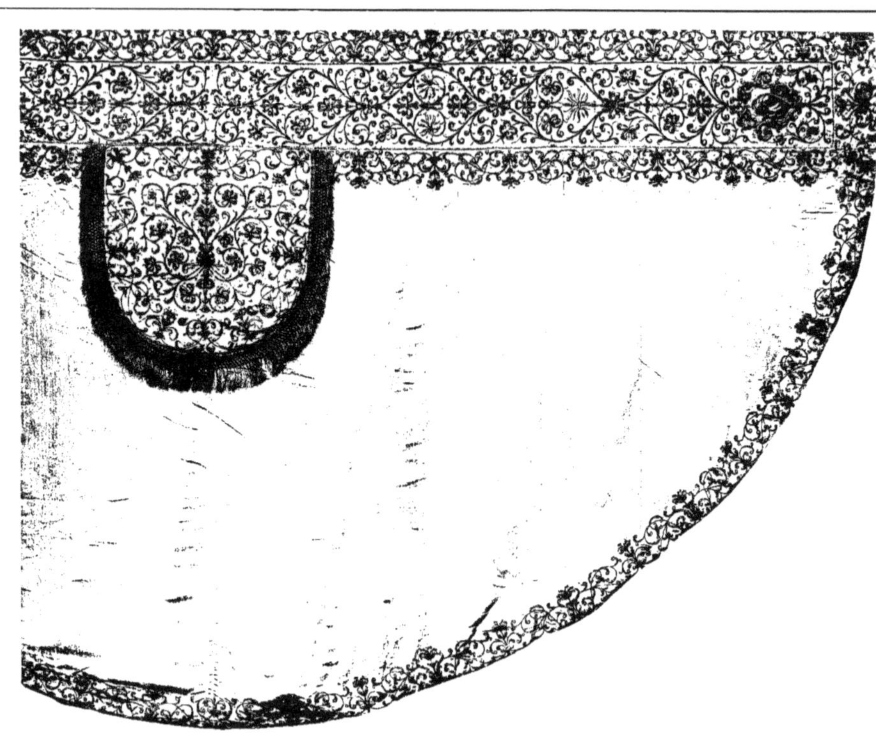

N° 1. — *Chape broderie d'or du XVII° siècle.*

DÉSIGNATION

ÉTOFFES ANCIENNES

1 — Chape, broderie en or à points d'armures variées,
sur fond blanc, soie lamée or. Travail français du
XVIᵉ siècle.

2 — Deux lambrequins, broderie ornements et feuillages
points variés, sur fond point de Hongrie. Travail italien du XVIIᵉ siècle.
> Haut., 38 cent. chaque; long., 1 m. 40 cent. et 2 m. 05 cent.

3 — Dalmatique, broderie or, argent et soie, sur fond
velours violet. Travail espagnol du XVIᵉ siècle.
> Haut., 1 m. 10 cent.; larg., 80 cent.

4 — Chasuble, broderie cordonnets variés avec écusson
armorié. Travail italien du XVIIᵉ siècle.

5 — Devant d'autel, broderies ornements en soie cordonnet et fleurs au point floche. Travail français du XVIᵉ
siècle.
> Haut., 80 cent.; long., 2 m. 30 cent.

6 — Chape, croix toute brodée de fleurs variées au
petit point. Travail français du XVIIᵉ siècle.

7 — Tapis, broderie chinoise, fleurs et oiseaux, sur fond
taffetas rose. XVIIᵉ siècle.
> Haut., 2 m. 15 cent.; larg., 1 m. 60 cent.

8 — Devant d'autel, broderie en tubes de verres de différentes couleurs, sur fond rose. Travail du XVIIᵉ siècle.
> Haut., 80 cent.; long., 1 m. 50 cent.

9 — Tapis, broderie ornements en or sertissant des fleurs brodées en couleurs, avec coins et écusson central armorié. Travail du XVIe siècle.

Haut., 1 m. 16 cent.; larg., 1 m. 10 cent.

10 — Cadre, broderie de soie au point floche, ornements et fleurs sur fond faille crème. Travail italien du XVIIe siècle.

Haut., 1 mètre; larg., 1 mètre.

11 — Bandeau, broderie or et argent, et application de soies de couleurs variées sur fond satin. Travail italien du XVIe siècle.

Haut., 35 cent.; long., 86 cent.

12 — Voile de calice, broderie or et argent, avec fleurs sur fond damas rouge. XVIe siècle.

Haut., 50 cent.; larg., 54 cent.

13 — Chaperon et bande d'une chape, broderie soie et or, sur fond velours bleu. Travail espagnol du XVIe siècle.

Bande: Haut., 1 m. 46 cent.; larg., 24 cent. 1/2
Chaperon: Haut., 52 cent.; larg., 46 cent.

14 — Devant d'autel, broderie applications serties d'or, fleurs et cartouches armoriés avec devises. XVIe siècle.

Haut., 68 cent.; long., 1 m. 90 cent.

15 — Panneau, broderie ornements, fleurs et oiseaux, à points flottés et à armures diverses. Travail italien du XVIe siècle.

Haut., 1 m. 80 cent.; larg., 70 cent.

16 — Devant d'autel, broderie ornements en soie, or et fleurs, sur fond brodé en verroteries. Travail du XVIe siècle.

Haut., 90 cent.; larg., 1 m. 11 cent.

17 — Petit tapis de table, broderie de soie et or, sans envers. Travail espagnol du XVIe siècle.

Haut., 1 m. 10 cent.; larg., 75 cent.

Dalmatique espagnole du XVI siècle

18 — Devant d'autel, broderie cordonnet. Travail italien
du xvie siècle.

> Haut., 82 cent.; largeur moyenne, 1 m. 60 cent.

19 — Deux panneaux, broderie ornements, fleurs et fruits
au point floche, sur fond velours cramoisi. xvie siècle.

> Haut., 1 m. 32 cent. et 1 m. 34 cent.; larg., 51 cent.

20 — Devant d'autel, broderie application Renaissance
espagnole du xvie siècle.

> Haut., 65 cent.; long., 2 m. 72 cent.

21 — Fragment d'une tenture, application velours cramoisi, sur fond satin avec bordure horizontale. Travail italien, xvie siècle.

> Haut., 1 m. 75 cent.; larg., 40 cent..

22 — Devant d'autel, broderie italienne, sur fond faille.
xviie siècle.

> Haut., 80 cent.; larg., 1 m. 47 cent.

23 — Bandeau, broderie espagnole sans envers, sur fond
point de résille en soie. xvie siècle.

> Haut., 24 cent.; long., 91 cent.

24 — Bande travers, broderie application de soies taffetas
variées et serties de ganses de couleurs, sur fond
velours. xvie siècle.

> Haut., 23 cent.; long., 2 m. 41 cent.

25 — Petit panneau, broderie argent et or, sur fond soie
sergée, avec petit médaillon religieux brodé.

> Haut., 30 cent., long., 62 cent.

26 — Chaperon, broderie ornements et fleurs, sur fond
satin blanc. Travail italien du xviie siècle.

> Haut., 50 cent.; larg., 50 cent.

27 — Bande travers, application de satin de différentes

nuances, serties de ganses variées, sur fond velours cramoisi. Travail italien du xvie siècle.

Haut., 28 cent.; long., 1 m. 86 cent.

28 — Bande montante, application de velours et satin de différentes nuances, ornements et fruits, sur fond satin or. Travail italien du xvie siècle.

Haut., 27 cent.; long., 2 m. 76 cent.

29 — Gouttière de lit en trois morceaux, broderie au cordonnet vert et crème, fond satin or. Travail français du xviie siècle.

Haut., 40 cent. chaque.
Long., 2 m. 02 cent., 2 m. 05 cent. et 1 m. 13 cent.

30 — Bandes de chape et chaperon, broderie blanche en soie et argent imitant la dentelle, fond taffetas cramoisi. Travail français du xviie siècle.

Haut., 30 cent., 30 cent., 53 cent.
Long., 1 m. 21 cent., 1 m. 21 cent et 55 cent.

31 — Bande, broderie portugaise, caractère oriental, sur fond satin blanc avec petits bouquets semés. xviie siècle.

Haut., 40 cent.; long., 3 m. 13 cent.

32 — Devant d'autel, broderie de soie, fond faille crème, bouquets de fleurs semées et armoiries avec trois monogrammes variés. xviie siècle.

Haut., 60 cent.; larg., 1 m. 36 cent.

33 — Devant d'autel, fleurs et feuillages brodés et armurés en argent, sur fond faille crème. Travail italien du xviie siècle.

Haut., 95 cent.; long., 2 m. 60 cent.

34 — Panneau, brocatelle à dessin cramoisi, sur fond jaune. xvie siècle.

Haut., 1 m. 26 cent.; larg., 1 m. 09 cent.

35 — Carré, broderie en tubes de verres blanc et jaune,

N° 12. *Broderie italienne du XVII siècle.*

sertie d'une ganse or, sur fond satin vert. xvii^e
siècle.

> Haut., 64 cent.; larg., 56 cent.

36 — Morceau de broderie or, fleurs et feuillages, fond
satin bleu. Travail du xviiie siècle.

> Haut., 42 cent.; long., 1 m. 14 cent.

37 — Tapis, broderie Renaissance, application ornements, sur un fond damassé violet. xvie siècle.

> Haut., 1 m. 49 cent.; larg., 82 cent.

38 — Deux petits tapis, fond taffetas rose, broderie tons
sur tons verts avec rehaut fils d'or et fleurs or. xvii^e
siècle.

> Haut., 80 cent.; larg., 65 cent. chaque.

39 — Dos de chasuble, broderie ornements or, et fleurs
en couleurs, sur fond taffetas blanc. xviie siècle.

> Haut., 1 m. 06 cent.; larg., 70 cent.

40 — Petit tapis, étoffe vénitienne, fond satin bleu, avec
petits motifs brochés or et couleurs. xviie siècle.

> Haut., 1 m.; larg., 76 cent.

41 — Devant d'autel, broderie de fleurs et ornements variés sertis d'une ganse or et couleurs, avec médaillon
central à sujet religieux. Travail italien. xviie siècle.

> Haut., 1 m.; long., 2 m. 23 cent.

42 — Tapis long, fond taffetas cramoisi, encadré de petites passementeries rouge et or, avec bordures ornements et fleurs brodées en or et soie, sur fond résille.
xvie siècle.

> Haut., 1 m. 13 cent.; long., 1 m. 83 cent.

43 — Tapis d'autel, fond bleu clair, avec broderie or et
soie. Travail du xvie siècle.

> Haut., 93 cent.; long., 1 m. 97 cent.

44 — Petit tapis, broderie italienne, ornements et fleurs
sertis d'une ganse argent sur fond taffetas blanc.
xviie siècle.

Haut., 85 cent.; larg., 56 cent.

45 — Tapis long, fond taffetas or, avec bandes brodées
sur fond point résille et petites bordures brodées.
Travail espagnol. xviie siècle.

Haut., 2 m. 40 cent.; larg., 1 m. 02 cent.

46 — Petit tapis, brodé en or et soies de couleurs sur
toile. Travail du xvie siècle.

Haut., 68 cent.; larg., 93 cent.

47 — Tapis, brodé en or et argent sur toile. Travail espagnol du xviie siècle.

Haut., 1 m.; larg., 1 m. 21 cent.

48 — Petit tapis, soierie vénitienne brochée soie et or.
Travail du xviie siècle.

Haut., 1 m. 03 cent. ; larg., 1 m. 04 cent.

49 — Petit tapis, fond faille armurée jaune, avec dessin
broché en argent. Époque Louis XV.

Haut., 89 cent.; larg., 98 cent.

50 — Petit tapis, soierie fond taffetas, ramage de fleurs et
feuillages brochés, bordé d'une petite dentelle d'or.
Époque Louis XV.

Haut., 1 m. 02 cent.; larg., 96 cent.

51 — Tapis, soierie italienne brochée soie et or, fond
vert bordé d'un galon or. xviie siècle.

Haut., 1 m. 26 cent.; larg., 1 m. 05 cent.

52 — Damas vert du xviie siècle.

Haut., 1 m., 47 cent.; larg., 1 m. 02 cent.

53 — Velours ciselé, vieil or sur fond satin or. xviie siècle.

Haut., 2 m. 55 cent.; larg., 78 cent.

N°… — Chaperon et bande d'une chape espagnole du XVI siècle.

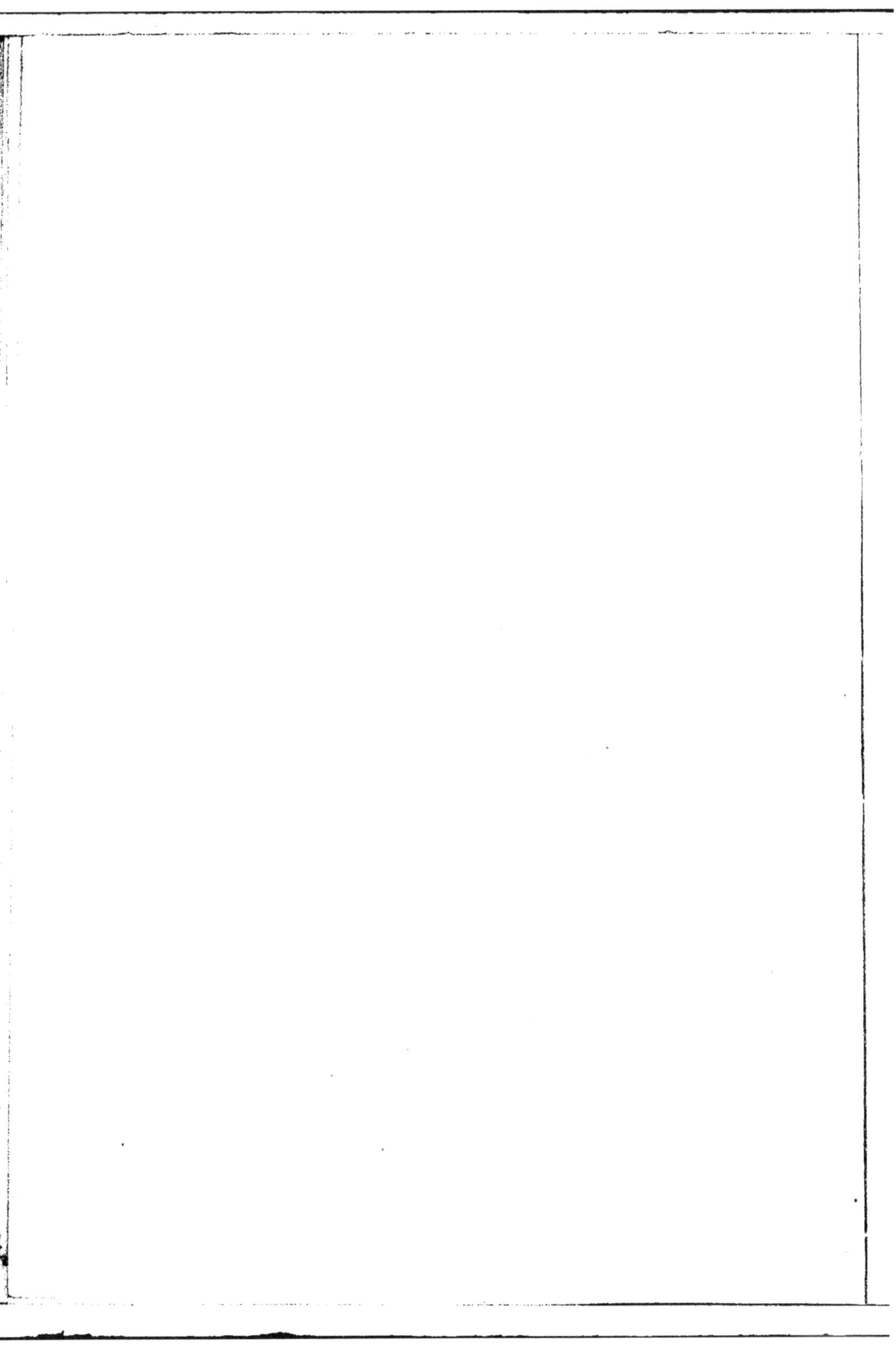

54 — Bordure, soierie fond satin, ornements et fleurs à
deux couleurs. Époque Louis XIII.

Haut., 27 cent.; long., 4 m. 94 cent.

55 — Panneau, soierie vénitienne fond satin, brochée
soie et or. xviie siècle.

Haut., 2 m. 73 cent.; larg., 56 cent.

56 — Tapis long, soierie fond vert, brochée soie et argent. xviie siècle.

Haut., 47 cent.; long., 2 m. 45 cent.

57 — Tapis, soierie fond gros de Tours blanc et fleurs
brochées, du xviiie siècle.

Haut., 1 m. 05 cent.; larg., 1 m. 37 cent.

58 — Tapis long, soierie fond bleu pâle armuré, petits
bouquets, du xviiie siècle.

Long., 2 m. 42 cent.; larg., 53 cent.

59 — Soierie, petites rayures fond taffetas blanc.
xviiie siècle.

Haut., 1 m. 15 cent.; larg., 68 cent.

60 — Tapis, damas de soie cramoisie, du xvie siècle.

Haut., 92 cent.; larg., 1 m. 97 cent.

61 — Portière, soierie persane, tramée or. xviie siècle.

Haut., 2 m. 66 cent.; larg. 65 cent.

62 — Tapis, soierie à deux couleurs, encadré d'une bordure brodée en ganse d'or. Travail du xvie siècle.

Haut., 1 m. 37 cent.; larg., 1 m. 35 cent.

63 — Tapis forme ronde, soierie tramée or sur fond soie
rose du xviie siècle.

Haut., 1 m. 65 cent.; larg., 1 m. 69 cent.

64 — Petite portière, soierie française du xviie siècle.

Haut., 1 m. 43 cent.; larg., 1 m. 07 cent.

65 — Lambrequin, soierie française du xviie siècle.

Haut., 20 cent.; long., 1 m. 59 cent.

66 — Bandeau, soierie persane du xviie siècle.

Haut., 25 cent.; long., 65 cent.

67 — Tapis, soierie française du xviie siècle.

Haut., 2 m. 14 cent.; larg., 1 m. 85 cent.

68 — Lambrequin, tissu en fil, du xviie siècle.

Haut., 45 cent.; long., 3 m.

69 — Panneau de tenture, soierie persane du xviie siècle.

Haut., 1 m. 37 cent.; larg., 1 m. 17 cent.

70 — Petit tapis, soierie vénitienne brochée or, du xviie siècle.

Haut., 1 m.; larg., 98 cent.

71 — Habit brodé, en soie or sur drap noir. Commencement du xixe siècle.

72 — Portière, fond satin crème avec dessin imprimé en différentes couleurs et or métal. Travail indo-chinois du xviie siècle.

Haut., 2 m. 40 cent.; larg., 1 m. 32 cent.

73 — Couverture, piquée sur toile sans envers. Travail portugais du xviie siècle.

Haut., 2 m. 55 cent.; larg., 1 m. 75 cent.

74 — Rideau, tissu chaîne et trame fil, damas ornements blancs, sur fond rouge. xviie siècle.

Haut., 1 m. 93 cent.; larg., 3 m. 30 cent.

75 — Rideau, soierie fond satin cramoisi, ornements en trame soie, avec effilé soie rouge. xvie siècle.

Haut., 1 m. 47 cent.; larg., 1 m. 75 cent.

76 — Tapis, damas tons sur tons verts. xvie siècle.

Haut., 2 m. 44 cent.; larg., 2 m. 45 cent.

77 — Petit rideau, damas à deux couleurs, soie or, sur
fond bleu satin, bordé d'un effilé or et rouge.
XVIe siècle.
> Haut., 1 m. 85 cent.; larg., 78 cent.

78 — Panneau, brocatelle bleue sur fond or, divisé en
quatre lés encadrés de petites et grandes bordures.
XVIe siècle.
> Haut., 2 m. 10 cent.; larg., 2 m. 15 cent.

79 — Portière, brocatelle fond or, le dessin en cramoisi,
encadré d'un effilé de soie rouge et or. XVIe siècle.
> Haut., 2 m. 87 cent.; larg., 2 m.

80 — Portière, tissu damas crème et vert, chaîne et trame
fil, avec effilé crème et vert. XVIIe siècle.
> Haut., 2 m. 50 cent.; larg., 2 m. 40 cent.

81 — Portière, lampas à 2 couleurs, fond satin vert et
trame crème, encadrée d'une petite passementerie.
XVIIIe siècle.
> Haut., 2 m. 59 cent.; larg., 1 m. 53 cent.

82 — Portière, brocatelle fond or, dessin en vert encadré
d'un galon en fil. XVIIe siècle.
> Haut., 1 m. 90 cent.; larg., 1 m. 85 cent.

83 — Portière, damas rouge. XVIe siècle.
> Haut., 1 m. 60 cent.; larg., 2 m. 38 cent.

84 — Chasuble, velours dessin cramoisi, sur fond blanc
lamé argent. XVIIe siècle.

85 — Chape, velours dessin cramoisi, sur fond blanc lamé
argent, et bordée de galons d'or. XVIIe siècle.

86 — Dalmatique, broderie or, argent et soies de différentes nuances, sur fond velours cramoisi. XVIe siècle.

87 — Chasuble, fond satin rose, dessin en crème, croix
en faille moirée. XVIIe siècle.

88 — Chasuble, soierie fond soie jaune armurée à dessin
motifs brochés, fleurs et fruits. Époque Louis XV.

89 — Chasuble, damas vert avec galons or. xviie siècle.

90 — Chasuble, brocatelle rose et or, avec galons or.
xvie siècle.

91 — Chasuble, tissu lamé or moiré avec motif brodé et
galons d'or. (Moderne).

92 — Étole, étoffe fond soie crème, dessin violet, galons
et franges d'argent. xviie siècle.

93 — Étole, damas vert et or. xviie siècle.

94 — Chasuble, brocatelle fond blanc crème et or, avec
franges et galons de soie. xviie siècle.

95 — Chasuble, étoffe brochée or, argent et couleurs, sur
fond satin vert, avec galons d'or. xviie siècle.

96 — Chasuble, damas lamé or fond vert avec galons or.
xviie siècle.

97 — Chasuble, tissu fond soie vert, le dessin tramé or,
bordée de galons d'or. xviie siècle.

98 — Chape, brocatelle fond rouge, le dessin serti par la
trame soie or. xvie siècle.

99 — Devant de chasuble, soierie fond satin rose, le dessin crème, encadré d'un galon or. xviie siècle.

100 — Chasuble, ornements, fleurs, fruits et oiseaux brodés
en or de différents reliefs, et soies de différentes
nuances, sur un fond faille crème. xvie siècle.

101 — Tapis soierie, fond satin blanc avec ramages de
fleurs brochées variées de nuances. Époque Louis XV.
Haut., 1 m. 94 cent.; larg., 1 m. 77 cent.

102 — Étoffe fond repsé, soie crème avec rinceaux et
fleurs brodés en chenille bleue. Travail italien du
XVIIe siècle.
Haut., 1 m. 45 cent.; larg., 52 cent.

103 — Deux morceaux étoffe satin, fond jaune citron,
couverte d'un dessin brodé en chenille bleue. Travail
italien du XVIIe siècle.
Haut., 1 m. 52 cent. chaque.
Larg., 1 m. 70 cent. et 1 m. 65 cent.

104 — Lot de 19 morceaux de tentures, fond damas or,
avec application de damas cramoisi serti d'une ganse.
Broderie et armures. Travail italien du XVIe siècle.

105 — Dessus de lit, broderie de soie indo-portugaise, sur
fond toile, avec bordures, coins et rosace dans le
milieu. XVIIe siècle.
Haut., 2 m. 50 cent. et 1 m. 50 cent.; larg., 2 m. 50 cent. chaque.

106 — Bande montante, broderie or et soie, ornements,
fleurs et oiseaux en reliefs de différentes armures, et
sertis d'une ganse, sur fond velours marron. Travail
français du XVIe siècle.
Haut., 3 m. 63 cent.; larg., 50 cent.

107 — Bande montante, tapisserie au point brodée en
soie, ornements et fleurs de différentes nuances, [sur
fond soie crème. XVIIe siècle.
Haut., 6 m. 40 cent.; larg., 29 cent.

108 — Grande bande, fond satin de laine rouge avec
ramage de fleurs et feuillages crème, serti de vert, brodé
au point de tapisserie. XVIIe siècle.
Haut., 4 m. 32 cent.; larg.. 34 cent.

109 — Bandeau de tapisserie au point, ornements et fleurs
du xviie siècle avec petits panneaux soierie italienne
brochée or et couleurs.

Haut., 38 cent.; long., 1 m. 52 cent.

110 — Lot de huit morceaux broderie, application, soie
repsée et sertie or, sur fond velours vert foncé. xvi^e
siècle.

111 — Bande travers, velours cramoisi, ornements, fleurs
et couronne, fond satin or. xvie siècle.

Haut., 54 cent.; long., 2 m. 80 cent.

112 — Dix morceaux velours florentin, à dessin s'enlevant
en creux repsé or, sur fond velours cramoisi. xvi^e
siècle.

113 — Bande montante velours cramoisi, fond satin or,
ornements fleurs et couronnes. xvie siècle.

Haut., 2 m. 93 cent.; larg., 54 cent.

114 — Morceau velours florentin, cramoisi pointillé de fils
d'or, sur fond soie repsée lamée or. xvie siècle.

Haut., 91 cent.; larg., 56 cent.

115 — Morceau velours cramoisi, florentin pointillé de
fils d'or, sur fond soie repsée lamée or. xvie siècle.

Haut., 91 cent.; larg., 58 cent.

116 — Deux morceaux velours florentin cramoisi, pointillé de fils d'or, sur fond soie repsée lamée or. xvi^e
siècle.

Haut., 84 cent.; larg., 57 cent., chaque.

117 — Deux morceaux velours rouge, sur fond crème
lamé or. xviie siècle.

Les deux : Haut., 75 cent.; larg., 54 cent.

118 — Étoffe velours, à 2 tons vert et cramoisi, sur fond satin blanc. xviie siècle.

Haut., 88 cent.; larg., 55 cent.

119 — Étoffe velours à 2 tons cramoisi, sur fond satin cramoisi. xviie siècle.

Haut., 1 m. 26 cent.; larg., 56 cent.

120 — Petit tapis, fond velours, tons sur tons cramoisi, le dessin s'enlevant en creux. xviie siècle.

Haut., 1 m. 24 cent.; larg., 1 m. 10 cent.

121 — Velours, tons sur tons cramoisi, bouquets sur fond rayé. Époque Louis XVI.

Haut., 57 cent.; larg., 74 cent.

122 — Corsage velours ciselé, rouge cramoisi, sur fond satin cramoisi. xviie siècle.

123 — Gilet, fond satin bleu clair, avec broderie de soie chenille et or. Époque Louis XVI.

124 — Gilet, fond soie vert armuré avec fleurs brochées en or et soies de différentes nuances. Époque Louis XV.

125 — Trois morceaux bandes, application de satin de couleurs serties de ganses et de soies, sur fond de taffetas crème. Travail espagnol, xvie siècle.

126 — Étole, broderie or et argent, ornements en reliefs, sur fond velours cramoisi. xvie siècle.

127 Deux morceaux fragments de broderie, or et soie à reliefs et points d'armures variées, fond satin. xviie siècle.

128 — Petite bande broderie, or et soie à reliefs et points d'armures variées, sur fond satin. xviie siècle.

129 — Petite bande broderie, ornements et fleurs or et
soie à reliefs et points d'armures variées, sur fond
satin crème. xvii° siècle.

130 — Morceau broderie, or et soie à reliefs, et points
d'armures variées sur fond satin crème. xvii° siècle.

131 — Petite bande broderie, ornements et fleurs or et
soie à reliefs, et points d'armures variées, sur fond
satin crème. xvii° siècle.

132 — Trois morceaux broderie, ornements et fleurs or
et argent à reliefs, et points d'armures variées, sur
fond taffetas saumon. xvii° siècle.

133 — Bandeau broderie, ornements et fleurs en soies de
nuances variées, sertie de ganses, avec travaux d'armures dans les fleurs. xvii° siècle.

Haut., 1 m. 22 cent.; larg., 24 cent.

134 — Deux fragments broderie, ornements et fleurs en
or à points et reliefs variés, sur fond satin. xvii° siècle.

135 — Fragment motif : fleur de lys, brodé en soie crème
à reliefs variés, sur fond bleu. Epoque Henri III.

136 — Ornement d'église, broderie d'or, argent et soies
de couleurs variées, sertie de ganses, sur fond cramoisi lamé or. xvi° siècle.

137 — Bande broderie, or et soie, fond taffetas crème.
xvi° siècle.

Haut., 79 cent.; larg., 17 cent.

138 — Bandeau, en deux morceaux, application de soie
jaune, sertie d'une ganse, sur fond velours cramoisi.
xvi° siècle.

139 — Fragment d'une bande, ornement d'église, appli-

cation de soie or, sertie d'une ganse, sur fonds velours cramoisi. XVIᵉ siècle.

> Haut., 70 cent ; larg., 25 cent.

140 — Huit morceaux bandes, ornements, personnages et animaux, application soie jaune, sertie de ganses, sur fond satin violet. XVIᵉ siècle.

141 — Deux morceaux bandes, broderie d'or et de soie, fond taffetas crème. XVIᵉ siècle.

142 — Broderie, ganses nuances variées, sur fond satin crème. Travail espagnol. XVIIᵉ siècle.

> Haut., 1 m. 30 cent.; larg., 50 cent.

143 — Trois morceaux broderie, ganses et chenilles de différentes couleurs, sur fond damas crème. Travail espagnol. XVIIᵉ siècle.

Les trois morceaux : Haut., 84 cent.; larg., 68, 68 et 38 cent.

144 — Trois petites bandes, application et broderie or et soie, sur fond taffetas crème. XVIᵉ siècle.

145 — Petite bande broderie, or et couleurs, sur fond résille. Travail espagnol. XVIᵉ siècle.

> Haut., 9 cent.; larg., 84 cent.

146 — Bande broderie, soie jaune et vert au point, sur fond blanc. Travail espagnol. XVIᵉ siècle.

> Haut., 23 cent.; long., 2 m. 24 cent.

147 — Encadrement d'un devant d'autel, ornements et fleurs, broderie de soies de nuances variées, sur fond toile. Travail italien. XVIIᵉ siècle.

> Haut., 18 cent.; larg., 3 m. 70 cent.

148 — Siège et dossier, broderie chinoise en soies de nuances variées, sur fond satin crème. Epoque Louis XV.

> Les deux morceaux : 50 cent.×50 cent.

149 — Sac broderie, application de soies variées de nuances et serties de ganses. xvie siècle.

> Haut., 34 cent.; larg., 3o cent.

150 — Mitre, broderie espagnole, or et soie en reliefs de nuances variées, sur fond satin blanc. xvie siècle.

> Haut., 40 cent.; larg., 35 cent.

151 — Bande brocatelle, à dessin ornements et sujets religieux tramé soie et or, sur fond rose foncé. xvie siècle.

> Larg., 20 cent.; long., 2 m. 8o cent.

152 — Fragment d'une bande, ornement d'église, broderie de soie et ganses de nuances variées, sur fond velours cramoisi. xve siècle.

153 — Fragment d'une bande, ornement d'église, motif brodé en or sur fond velours cramoisi. xvie siècle.

154 — Fragment d'une bande, ornement d'église, motif brodé en or, sur fond cramoisi. xve siècle.

155 — Croix de chasuble, à personnages religieux, brodée en or et soie de nuances variées, sur fond rouge niellé d'or. xve siècle.

> Haut., 95 cent.; larg., 62 cent.

156 — Chaperon de chasuble, à sujets religieux, brocatelle tissée or, fond cramoisi. xve siècle.

157 — Fragment d'un siège, soierie fond sergée soie bleue, à dessin ornement et fleurs brodés au point de chaînette. Epoque Louis XVI.

158 — Bande soierie, fond satin, avec courant de roses et altéas brochés. Epoque Louis XVI.

159 — Broderie chinoise, sur fond faille. Epoque Louis XV.

160 — Broderie chinoise, fond satin blanc. (Deux morceaux). xviiie siècle.

161 — Fragment bordure, broderie canetillée, sur fond drap bleu. Epoque Louis XVI.

162 — Fragment d'une robe, broderie chinoise. xviiie siècle.

163 — Quatre morceaux, motifs broderie, application velours et soie, sur fond damas jaune. xvie sièccle.

164 — Blanche broderie chinoise, sur fond satin bleu. xviiie siècle.

Haut., 90 cent.; larg., 26 cent.

165 — Fragment d'une robe, broderie chinoise, fond satin blanc. xviiie siècle.

166 — Six morceaux fragments, broderie espagnole, application sur toile blanche. Travail du xviie siècle.

167 — Fragment broderie, de chenille pour robe. xviiie siècle.

168 — Deux lés broderie, soie armurée de teintes variées et sertie d'une ganse, fond satin jauné. Travail du xviiie siècle.

Haut., 38 cent.; larg., 75 cent. chaque.

169 — Fragment d'une robe, broderie chinoise, sur fond satin bleu. xviiie siècle.

Haut., 72 cent.; larg., 50 cent.

170 — Deux fragments de broderies chinoises, sur fond jaune or moiré. xviiie siècle.

171 — Morceau broderie, chenille de nuances variées, sur un fond de soie blanche damassée.

Haut., 55 cent.; larg., 47 cent.

172 — Cinq fragments d'une robe satin saumon. Epoque Louis XIII.

173 — Deux morceaux damas bleu clair, serti d'une ganse point de chaînette. Travail du xviiie siècle.

174 — Morceau damas cerise, serti d'une ganse point de chaînette. xviiie siècle.

175 — Fragment broderie chinoise, personnages, fleurs et oiseaux. xviie siècle.
Haut., 33 cent.; larg., 59 cent.

176 — Trois petits carrés, broderie espagnole, or et soie, fond taffetas blanc. xviiie siècle.

177 — Fragment d'une bordure soierie, fond satin paille, fleurs et fruits, et rubans bleus brochés, avec chenille. Époque Louis XVI.
Haut., 18 cent.; larg., 49 cent.

178 — Deux morceaux soierie, fond taffetas gris et blanc, à fleurs brochées. xviiie siècle.

179 — Bande broderie, ornements et fleurs en soie, sur fond toile. Travail italien du xviie siècle.
Haut., 13 cent.; long., 93 cent.

180 — Lot de deux morceaux soieries à dessin, fonds et coloris variés. xviiie siècle.

181 — Bande, ornements, application velours sertie de ganses de soies variées, sur fond soie crème. xviie siècle.
Long., 3 m.; larg., 20 cent.

182 — Ceinturon, brodé or, fond drap rouge. xviiie siècle.
Long. 1 m. 10 cent.; larg., 05 cent.

183 — Lot de deux fragments soierie, fond satin violet. Époque Empire.

184 — Bande de soierie, fond vert clair Dauphine, à dessin feuillages et fleurs brochés. xviiie siècle.

185 — Morceau soierie, fond blanc Dauphine, à dessin gerbes de fleurs variées brochées.

186 — Morceau soierie, fond taffetas gris clair armuré, à dessin tramé jaune. xviiie siècle.

187 — Réticule, velours rose garni d'un galon d'or. xviiie siècle.

188 — Bas de robe, broderie de soie gris et noir, sur fond taffetas gris bleu.

Haut., 85 cent.; larg., 35 cent.

189 — Fragment d'un bas de robe, fond taffetas, motifs fleurs brodées. xviiie siècle.

Haut., 85 cent.; larg., 35 cent.

190 — Morceau d'une broderie italienne, feuillages, fleurs et oiseaux, fond satin blanc. xviie siècle.

191 — Morceau broderie, fond crêpe de Chine, fond noir, à broderies fleurs variées. xviiie siècle.

192 — Morceau broderie, fleurs et Pélican brodés en argent et soie, sur fond damas blanc. xviie siècle.

Haut., 3o cent.; larg., 48 cent.

193 — Carré broderie italienne, ornements et fleurs or et soie, sur fond taffetas blanc. xviie siècle.

194 — Bande travers, broderie chinoise, ornements et fleurs. xviie siècle.

Haut., 28 cent.; long., 1 m. 26 cent.

195 — Fragment d'une étoffe, fond satin blanc à semis tramés or. xviiie siècle.

196 — Bas de robe, broderie application soie et or, sur
fond de gaze. Epoque 1ᵉʳ Empire.

Haut., 20 cent.; long., 84 cent.

197 — Fragment d'une petite bande, broderie italienne,
en soie sur fond toile blanche. xvɪᵉ siècle.

198 — Voile de calice, broderie en soies de couleurs et
or, encadré d'une passementerie or. xvɪᵉ siècle.

Haut., 43 cent.; larg., 48 cent.

199 — Fragment de broderie, sur fond pékin satin et
toile. xvɪɪɪᵉ siècle.

200 — Fragment de broderie, fond satin blanc. xvɪɪɪᵉ
siècle.

201 — Fragment d'un gilet, fond taffetas, à broderie au
point de chaînette. xvɪɪɪᵉ siècle.

202 — Morceau broderie, point de Hongrie, à dessin
flambé. xvɪɪᵉ siècle.

Haut., 70 cent.; larg., 70 cent.

203 — Motif broderie application, ornement, fleurs et
figures, sur fond damas violet. xvɪᵉ siècle.

Haut., 83 cent.; larg., 57 cent.

204 — Cinq lés velours, à dessin cramoisi, sur fond repsé
lamé or. xvɪɪᵉ siècle.

Larg., 30 cent.; long., 90 cent. chaque.

205 — Lot de six morceaux velours vert, à dessin tons
sur tons, fond satin. xvɪᵉ siècle.

206 — Lot de trois bandes velours, à dessin cramoisi,
sur fond jaune lamé or. xvɪᵉ siècle.

207 — Deux fragments bordure velours, à dessin orne-

ments et fleurs cramoisi sur fond satin jaune. xvi^e
siècle.

208 — Morceau velours, tons sur tons cramoisi. xvi^e
siècle.
>Long., 1 m. 12 cent.; larg., 25 cent.

209 — Morceau velours, à dessin, deux bleus sur fond
repsé lamé or. xvie siècle.
>Longueur moyenne, 92 cent.; larg., 54 cent.

210 — Morceau velours, à dessin violet à contrefonds,
travail or et argent, sur fond crème, soie sergée. xvi^e
siècle.
>Haut., 58 cent.; larg., 59 cent.

211 — Trois morceaux velours, à dessin cramoisi, sur
fond blanc lamé argent. xvie siècle.
>Haut., 65 cent.; larg., 57 cent., 43 cent., 70 cent.

212 — Morceau velours rose foncé, à dessin satin en
creux. xve siècle.
>Haut., 50 cent.; larg., 80 cent.

213 — Trois morceaux velours vert, serti d'une ganse or,
sur fond jaune lamé or. xviie siècle.
>Long., 64 cent., 78 cent., 1 m.
>Larg., 24 cent., 27 cent., 27 cent.

214 — Morceau d'une grande étoffe italienne, fond satin
cramoisi, ornements et fleurs en soies et ors lamés.
xvie siècle.
>Haut., 30 cent.; long., 75 cent.

215 — Morceau velours, dessin cramoisi sur fond jaune
lamé or. xviie siècle.
>Haut., 25 cent.; long., 69 cent.

216 — Morceau velours saumon et bleu, sur fond satin
crème. xvie siècle.
>Haut., 50 cent.; larg., 47 cent.

3

217 — Morceau de soie, pékinade. xviiie siècle.

218 — Deux morceaux étole, à dessin velours épinglé vert clair, sur fond vert repsé soie. xviiie siècle.

219 — Morceau velours vert, avec dessin brodé or, serti d'une ganse soie blanche xvie siècle.
Haut., 45 cent.; larg., 5o cent.

220 — Etole, à dessin velours épinglé, sur fond velours cramoisi. xvie siècle.

221 — Etole, à dessin velours vert, sur fond satin cramoisi. xvie siècle.

222 — Corsage (2 morceaux), velours vert, sur fond rouge cramoisi. xvie siècle.

223 — Morceau velours, cramoisi et or. xviie siècle.

224 — Morceau velours, tons sur tons cramoisi. xviiie siècle.

225 — Morceau velours, à dessin violet sur fond soie jaune. xvie siècle.

226 — Étole, à dessin velours vert, sur fond blanc lamé argent. xvie siècle.

227 — Bande velours, à dessin violet, sur fond satin jaune. xvie siècle.
Long., 1 m. 10 cent.; larg., 07 cent.

228 — Quatre morceaux de corsage, velours tons sur tons cramoisi, fond satin. xvie siècle.

229 — Étole velours (deux morceaux), tons sur tons cramoisi, fond satin. xvie siècle.

230 — Morceau velours, à dessin cramoisi sur fond satin blanc. xvɪᵉ siècle.

231 — Morceau velours, à dessin violet, sur fond orange. xvɪᵉ siècle.

Haut., 54 cent.; larg., 63 cent.

232 — Trois morceaux velours, à dessin vert, sur fond satin vert. xvɪᵉ siècle.

233 — Étole, à dessin velours, deux verts, sur fond satin rouge. xvɪᵉ siècle.

234 — Morceau velours frappé, à dessin bleu clair sur fond blanc. xvɪɪᵉ siècle.

235 — Étole (deux morceaux), velours à dessin violet sur fond lamé or. xvɪᵉ siècle.

236 — Deux fragments d'étole, velours marron, sur fond repsé bleu. xvɪᵉ siècle.

237 — Fragment velours violet, sur fond épinglé et contrefond soie jaune. xvɪᵉ siècle.

238 — Morceau velours, tons sur tons cramoisi, fond épinglé. xvɪɪɪᵉ siècle.

239 — Morceau velours, à dessin violet sur fond satin crème. xvɪᵉ siècle.

Long., 93 cent.; larg., 46 cent.

240 — Deux fragments semis de fleurs, velours bleu pâle, sur fond jaune, lamé or. xvɪᵉ siècle.

241 — Morceau velours cramoisi, à contrefond tramé soie blanche. xvɪɪɪᵉ siècle.

242 — Deux fragments petit velours, tons sur tons violet. xvɪᵉ siècle.

243 — Étole (deux morceaux), à dessin, velours vert, sur
fond saumon. xvie siècle.

244 — Fragment petit velours, à dessin épinglé cramoisi.
xvie siècle.

245 — Fragment velours cramoisi, fond lamé or. xvi[e]
siècle.

246 — Morceau petit velours, tons sur tons cramoisi.
xviiie siècle.

247 — Bande velours vert, tons sur tons, fond velours
épinglé. xvie siècle.

Larg., 9 cent.; long., 2 m. 90 cent.

248 — Fragment velours, tons sur tons bleu, fond velours
épinglé. xvie siècle.

249 — Morceau velours, à dessin cramoisi, sur fond
repsé jaune lamé or. xvie siècle.

250 — Fragment velours cramoisi, sur fond repsé jaune
lamé or. xviie siècle.

251 — Fragment velours, tons sur tons cramoisi. Époque
Louis XVI.

252 — Trois petits carrés velours, tons sur tons noir.
xvie siècle.

253 — Étole, dessin velours vert, sur fond repsé or.
xvie siècle.

254 — Étole, dessin velours vert, sur fond repsé blanc
lamé or. xvie siècle.

255 — Etole, velours vert, tons sur tons, fond épinglé.
xvie siècle.

256 — Étole, velours fond épinglé, tons sur tons vert.
xvie siècle.

257 — Fragment velours, tons sur tons vert, fond satin.
xvie siècle.

258 — Fragment velours, fond cramoisi, à dessin épinglé. xvie siècle.

259 — Fragment velours, tons sur tons marron foncé,
fond lamé or. xvie siècle.

260 — Étole, velours violet, sur fond crème lamé or.
xvie siècle.

261 — Fragment velours violet, sur fond bois doré lamé.
xvie siècle.

262 — Morceau velours violet, sur fond repsé, bois doré.
xvie siècle.

263 — Morceau velours violet, sur fond repsé, lamé or.
xvie siècle.

264 — Trois fragments velours épinglé, fond satin, tons
sur tons vert. xvie siècle.

265 — Étole velours, fond épinglé, tons sur tons violet.
xvie siècle.

266 — Petite bande velours, tons sur tons cramoisi.
xvie siècle.

267 — Fragment petit velours, tons sur tons violet.
xvie siècle.

268 — Morceau velours, à deux tons vert, sur fond satin
rouge. xvie siècle.

269 — Morceau velours cramoisi, tons sur tons, fond satin. xviie siècle.

270 — Fragment d'un petit velours, camaïeu vert. xviie siècle.

271 — Cinq petits morceaux velours, à dessin bois, sur fond blanc lamé or. xvie siècle.

272 — Étole velours vert, sur fond repsé or. xvie siècle.

273 — Fragment petit velours, tons sur tons cramoisi, à dessin velours épinglé. xviie siècle.

274 — Deux morceaux velours, fond noir à dessin velours épinglé. xviie siècle.

275 — Petite bande, ornement d'Église, velours cramoisi, à dessin estampé. xviie siècle.

276 — Fragment petit velours. xviie siècle.

277 — Lot de cinq morceaux velours, à dessin tons sur tons cramoisi, fond satin. xviie siècle.

278 — Morceau velours, à dessin cramoisi, fond repsé jaune. xvie siècle.

279 — Morceau velours, à dessin cramoisi, fond repsé jaune. xviie siècle.

Larg.., 30 cent.; larg., 89 cent.

280 — Morceau velours, à dessin cramoisi, sur fond blanc lamé argent. xviie siècle.

Haut., 53 cent.; larg., 54 cent.

281 — Morceau velours, à dessin cramoisi, sur fond soie repsée jaune. xviie siècle.

Haut., 1 m. 70 cent.; larg., 62 cent

282 — Morceau velours, à dessin cramoisi, sur fond blanc
lamé argent.

Haut., 62 cent.; larg., 56 cent.

283 — Cinq morceaux velours, à dessin cramoisi, sur
fond repsé blanc lamé argent. xviie siècle.

284 — Quatre morceaux velours, à dessin cramoisi, sur
fond satin blanc. xviie siècle.

285 — Deux morceaux velours, à dessin cramoisi, fond
repsé soie jaune. xviie siècle.

Haut., 40 cent.; larg., 62 cent. chaque.

286 — Fragment velours, à dessin cramoisi, sur fond
satin jaune. xvie siècle.

287 — Deux morceaux velours, à dessin tons sur tons
cramoisi, sur fond satin. xvie siècle.

288 — Trois morceaux velours, à dessin cramoisi, sur
fond soie jaune lamé or. xviie siècle.

289 — Morceau velours frappé, fond cramoisi. xviie siècle.

290 — Morceau velours, à dessin motifs détachés noir
sur fond jaune lamé or. xviie siècle.

291 — Morceau velours frappé gris bleu. xviie siècle.

292 — Morceau velours frappé, vert tons sur tons.
xviie siècle.

293 — Morceau velours, à dessin bleu sur fond crème
lamé or. xvie siècle.

294 — Fragment bordure velours, à dessin cramoisi, sur
fond satin jaune. xvie siècle.

295 — Deux morceaux velours, à dessin vert, sur fond
épinglé et satin. xviie siècle.

296 — Morceau velours, à dessin cramoisi, sur fond
blanc lamé or. xviie siècle.

> Haut., 90 cent.; larg., 54 cent.

297 — Deux morceaux velours, à dessin cramoisi sur
fond soie jaune lamée or. xviie siècle.

> Haut., 1 m. 08 cent.; larg., 64 cent.
> Haut., 5o cent.; larg., 49 cent.

298 — Écharpe, broderie turque, sans envers, à motifs
fleurs, soie et or, fond de fil mousseline. xviie siècle.

299 — Petit tapis, broderie persane, or, argent et soies
en reliefs, sur fond satin rouge, avec bordure fond
satin bleu. xviiie siècle.

> Haut., 66 cent.; larg., 66 cent.

3oo — Petit tapis, broderie turque en soies cordonnets
avec or et argent, fond taffetas orange. xviiie siècle.

> Haut., 70 cent.; larg., 72 cent.

3o1 — Petit tapis, broderie turque, en soie de nuances
variées, sur fond toile.

> Haut., 69 cent.; larg., 6o cent.

3o2 — Portière, broderie persane, en soies de différentes
nuances, sur fond toile. xviie siècle.

> Haut., 2 m. 3o cent.; larg., 1 m. 10 cent.

3o3 — Tapis, broderie de soie rouge de Scutari, fond
toile avec petite bordure. xviie siècle.

> Haut., 1 m. 3o cent.; larg., 56 cent.

3o4 — Petit tapis, broderie turque, en gros reliefs d'or,
fond satin bleu clair. xviiie siècle.

> 54 cent. × 54 cent.

3o5 — Tapis, broderie turque, soie et or en reliefs, fond
satin jaune. xviiie siècle.

95 cent. × 90 cent.

3o6 — Tapis, broderie turque, de nuances et armures
variées, sur fond satin vert clair et bordure satin rose
foncé. xviiie siècle.

1 m. 15 cent. × 1 m. 13 cent.

3o7 — Petit tapis, broderie turque, de nuances et armures
variées, sur fond satin or. xviiie siècle.

1 m. 10 cent. × 1 m. 10 cent.

3o8 — Tapis de table rond, fond satin rose foncé, broderies turques de nuances et armures variées. xviiie
siècle.

1 m. 20 cent. × 1 m. 20 cent.

3o9 — Panneau soierie chinoise, tissée à personnages,
animaux et fleurs, sur fond satin jaune. xviiie siècle.

Long., 1 m. 15 cent.; larg., 48 cent.

31o — Étoffe indienne, brodée au point de chaînette, sur
fond sergé fil. xviiie siècle.

311 — Quatre fragments d'une étoffe persane tissée soie
et or. xviiie siècle.

312 — Fragment robe chinoise, brodée sur fond satin
blanc. xviiie siècle.

Haut., 1 m.; larg., 70 cent.

313 — Étoffe chinoise, peinte sur fond taffetas blanc
lamé or. xviiie siècle.

Haut., 1 m.; larg., 59 cent.

314 — Panneau étoffe chinoise, fond satin rouge à personnages et fleurs coloriées. xviiie siècle.

Haut., 88 cent.; larg., 53 cent.

315 — Étoffe chinoise (morceau), fond satin bleu foncé.
xviiie siècle.

316 — Soierie chinoise, dessin couleurs variées et fond
tramé fil d'or xviiie siècle.

Haut., 2 m. 74 cent.; larg., 61 cent.

317 — Panneau soierie orientale, palmes cachemyr, tissée or et chenille, sur fond satin bleu, encadrée d'une
passementerie or et argent. xviiie siècle.

Haut., 26 cent.; larg., 64 cent.

318 — Fragment damas cramoisi. xvie siècle.

Haut., 5o cent.; larg., 52 cent.

319 — Deux fragments damas cramoisi. xviie siècle.

320 — Fragment damas vert. xvie siècle.

Long., 1 m.; larg., 12 cent.

321 — Un lé de soie, fond taffetas jaune, à dessin chinois
peint, fleurs, feuillages et oiseaux. xviiie siècle.

322 — Fragment damas cramoisi. xvie siècle.

323 — Lot de huit morceaux. Damas vieil or. xvie siècle.

Longueur, 2 m. chaque, larg., 3o cent. environ.

324 — Fragment damas rouge. xviie siècle.

325 — Fragment damas rouge. xviie siècle.

326 — Manipule damas vert, avec croix brodée soie et or.
xviie siècle.

327 — Fragment damas vert. xviie siècle.

328 — Lot composée d'étoffes de soies diverses. xviie et
xviiie siècles.

329 — Morceau damas cramoisi. XVIIe siècle.
> Haut., 1 m. 20 cent.; larg., 52 cent.

330 — Fragment damas cramoisi. XVIe siècle.

331 — Deux morceaux damas cramoisi. XVIe siècle.

332 — Deux lés damas cramoisi. XVIIe siècle.
> Haut., 95 cent.; larg., 53 cent. chaque.

333 — Morceau damas cramoisi. XVIe siècle.
> Haut., 80 cent.; larg., 50 cent.

334 — Morceau damas cramoisi. XVIIe siècle.
> Haut., 1 m. 5 cent.; larg., 52 cent.

335 — Trois morceaux damas violet. XVIIe siècle.

336 — Deux lés damas vert. XVIIIe siècle.
> Haut., 75 cent.; larg., 17 cent. chaque.

337 — Fragment damas blanc. XVIIe siècle.
> Haut., 49 cent.; larg., 49 cent.

338 — Fragment damas jaune. XVIe siècle.
> Haut., 61 cent.; larg., 48 cent.

339 — Deux lés damas cramoisi. XVIIIe siècle.
> Haut., 1 m.; larg., 51 cent., chaque.

340 — Quatre fragments damas blanc. XVIIe siècle.

341 — Fragment damas blanc. XVIe siècle.
> Long., 96 cent.; larg., 17 cent.

342 — Quatre fragments damas blanc. XVIIIe siècle.

343 — Sept fragments damas violet. XVIe siècle.

344 — Fragment damas vert. XVIe siècle.
> Haut., 55 cent.; larg., 51 cent.

345 — Etole damas vert. xvie siècle.

346 — Trois morceaux d'étoffe, soie verte, tons sur tons, fond satin. xviie siècle.

347 — Fragment damas cramoisi. xviiie siècle.

348 — Morceau damas vert. xviie siècle.
Long., 1 m. 60 cent.; larg., 55 cent.

349 — Lot de six morceaux damas blanc. xviie siècle.

350 — Morceau damasquette, à dessin blanc sur fond vert. xviie siècle.
Haut., 87 cent.; larg., 50 cent.

351 — Morceau damas vert. xviie siècle.
Larg., 54 cent.; long., 2 m. 10.

352 — Deux lés damas rouge. xviie siècle.
Long., 1 m. 40 cent.; larg., 54 cent., chaque.

353 — Deux lés damas vert. xviie siècle.
Long., 2 m. 40 cent.; larg., 60 cent., chaque.

354 — Morceau damas jaune. xviie siècle.
Haut., 1 m. 70 cent.; larg., 1 m. 10.

355 — Morceau damas jaune. xvie siècle.
Long., 1 m. 87 cent.; larg., 56 cent.

356 — Morceau damas jaune. xviie siècle.
Long., 1 m. 12 cent.; larg., 50 cent.

357 — Deux morceaux damas jaune. xviie siècle.
Long., 1 m. 30 cent.; larg., 51 cent., chaque

358 — Trois morceaux damas violet. xviie siècle.

359 — Trois morceaux damas vert. xviie siècle.

360 — Morceau damasquette, à dessin rouge, fond or.
xvie siècle.

361 — Cinq morceaux damas violet. xviie siècle.

362 — Trois morceaux damas rouge. xviie siècle.

363 — Lot de quatre lés damas cramoisi. xviie siècle.
(en six morceaux).
Haut., 1 mètre; larg., 54 cent., chaque.

364 — Lot de trois lés damas cramoisi. xviie siècle.
Long., 90 cent.; larg., 51 cent. chaque.

365 — Fragment damas jaune. xviie siècle.

366 — Fragment damas jaune. xvie siècle.

367 — Trois lés damas vert. xviie siècle.
Haut., 2 m. 55 cent.; larg., 53 cent., chaque.

368 — Deux fragments damas jaune. xvie siècle.

369 — Fragment étoffe, soie violette. xviie siècle.

370 — Cinq morceaux d'étoffe, fond satin vert, à dessin
broché or. xvie siècle.

371 — Trois morceaux damas cramoisi. xviie siècle.
Long. totale, 3 m. 50 cent.; sur 25 cent. de haut.

372 — Morceau damas vert. xviie siècle.
Long., 2 m. 50 cent.; larg., 52 cent.

373 — Manipule damas violet, bordé de ganses d'argent.
xviie siècle.

374 — Morceau damas jaune. xviiie siècle.
Haut. 1 m. 08 cent.; larg., 76 cent.

375 — Morceau soierie, fond satin blanc damassé, à dessin, fleurs et feuillages brochés avec or. xviiiᵉ siècle.

Long., 1 m. 25 cent.; larg., 46 cent.

376 — Fragment damasquette vert et blanc. xviᵉ siècle.

377 — Fragment damas cramoisi. xviiᵉ siècle.

Long., 93 cent.; larg., 25 cent.

378 — Fragment damas cramoisi. xviᵉ siècle.

379 — Fragment damas cramoisi. xviᵉ siècle.

380 — Manipule, étoffe fond satin à dessin or et blanc. xviiᵉ siècle.

381 — Deux morceaux damas cramoisi. xviiᵉ siècle.

382 — Lot de morceaux damas noir. xviᵉ siècle.

383 — Morceau damas cramoisi. xviiᵉ siècle.

Haut., 65 cent.; larg., 58 cent.

384 — Morceau damasquette jaune et rouge. xviiᵉ siècle.

Haut., 5o cent.; larg., 1 m. 10 cent.

385 — Morceau damas violet. xviiᵉ siècle.

Haut., 56 cent., larg., 53 cent.

386 — Fragment damas cramoisi. xviᵉ siècle.

387 — Fragment damas cramoisi. xviᵉ siècle.

Haut., 5o cent.; larg., 5o cent.

388 — Morceau damas cramoisi. xviᵉ siècle.

Haut., 42 cent.; long., 2 m. 57 cent.

389 — Deux morceaux damas cramoisi. xviᵉ siècle.

2 morceaux : Haut., 55 cent. et 76 cent. ; larg., 52 cent. chaque.

390 — Morceau damas vert. xviiᵉ siècle.

Haut., 52 cent.; larg., 53 cent.

391 — Morceau damas cramoisi. xvie siècle.

Haut., 1. m 47 cent.; larg., 55 cent.

392 — Quatre morceaux damas cramoisi. xvie siècle.

Dont un haut., 1 m. 10 cent.; larg., 72 cent.

393 — Morceau damasquette jaune, tons sur tons. xvie siècle.

Haut., 2 mètres ; larg., 1 m. 09 cent.

394 — Morceau damas cramoisi. xvie siècle.

Long., 2 m. 50 cent.; larg., 52 cent.

395 — Lot de morceaux damas violet. xvie siècle.

396 — Morceau damas cramoisi. xvie siècle.

Haut., 78 cent.; larg., 55 cent.

397 — Étole damas cramoisi à croix galon or. xviie siècle.

398 — Deux fragments damas cramoisi. xviie siècle.

Haut., 54 cent.; larg., 50 cent. chaque.

399 — Lot de morceaux damas blanc, fond sergé. xviiie siècle.

400 — Morceau damas jaune. xvie siècle.

Haut., 1 m. 30 cent.; larg., 55 cent

401 — Deux morceaux damas cramoisi. xviie siècle.

Haut., 1 m. 15 cent.; larg., 50 cent. chaque.

402 — Morceau damas frappé, sur tissu lamé argent. xviiie siècle.

403 — Trois morceaux de damas cramoisi. xvie siècle.

404 — Deux morceaux lampas, fond violet. xviiie siècle.

405 — Carré damas, frappé sur tissu lamé or, encadré d'un galon. xviiie siècle.

Haut., 58 cent.; larg., 51 cent.

406 — Lot de morceaux damas cramoisi. XVIᵉ siècle.

407 — Fragment damas vert. XVIᵉ siècle.

408 — Quatre morceaux d'étoffe italienne, fond blanca repsé à motifs brochés de diverses couleurs. XVIᵉ siècle.

409 — Lot de morceaux damas cramoisi. XVIᵉ siècle.

410 — Lot de fragments de soieries, coloris divers.

411 — Fragment étoffe italienne, fond satin rouge, brochée or. XVIIᵉ siècle.

412 — Étole, étoffe italienne, fond repsé vert, brochée or. XVIIᵉ siècle.

413 — Cinq morceaux lampas, fond satin vert, dessin en grisaille, ornements fleurs et sujets. Époque Louis XVI.

414 — Morceau soierie, fond satin cramoisi, dessin en jaune. XVIᵉ siècle.

415 — Morceau étoffe, fond satin marron, à dessin crème. XVIIᵉ siècle.

416 — Fragment d'une soierie lampas, fond satin vert, à dessin ornements et fleurs et sujets en crème. Époque Louis XVI.

417 — Morceau lampas, fond satin vert, à dessin fleurs, ornements et sujets variés en crème. Époque Louis XVI.

Haut., 1 m. 96 cent.; larg., 53 cent.

418 — Petit tapis, étoffe fond repsé vert, à dessin broché or, encadré d'un galon or. XVIIᵉ siècle.

Haut., 55 cent.; larg., 54 cent.

419 — Trois fragments de bordure, étoffe italienne, fond
satin jaune, à dessin ornements et fleurs bleues.
XVIIe siècle.

420 — Morceau étoffe française, fil et laine. XVIIe siècle.

421 — Deux morceaux étoffe française, chaîne et trame
fil. XVIIe siècle.
> Long., 1 m. 04 cent.; larg., 20 cent. chaque.

422 — Deux morceaux lampas, fond satin cramoisi, des
sin en blanc. XVIIIe siècle.
> Long., 1 mètre chaque.

423 — Trois morceaux étoffe française, fond toile de soie
traînée en fil. XVIIe siècle.
> Haut., 5o cent.; larg., 48 cent. chaque.

424 — Deux fragments étoffe, fond repsé vert, à dessin
broché or. XVIIe siècle.

425 — Fragment étoffe, fond faille marron, à dessin
blanc. XVIIIe siècle.

426 — Morceau étoffe de soie, fond repsé crème, à dessin
bleu serti jaune. XVIe siècle.
> Haut., 55 cent.; larg., 72 cent.

427 — Fragment de damasquette, à dessin or sur fond
satin vert. XVIe siècle.

428 — Morceau étoffe française, en chaîne bleue fil et
trame fil crème. XVIIe siècle.
> Haut., 1 m. 95 cent.; larg., 55 cent.

429 — Fragment d'une damasquette, fond satin rouge,
dessin en soie or. XVIe siècle.

43o — Deux fragments d'une damasquette, fond satin
rouge, à dessin soie or. XVIe siècle.

431 — Trois morceaux (réunis) étoffe, fond satin bleu pâle, à dessin broché en or. xviiie siècle.

432 — Deux lés (réunis) lampas, fond satin cramoisi, à dessin ornements et fleurs, et personnages en blanc. Epoque Louis XVI.

> Haut., 2 m. 44 cent.; larg., 53 cent. chaque.

433 — Trois lés lampas, fond satin rouge, à dessin ornements et fleurs en blanc. Epoque Louis XVI.

> Haut., 3 m. 25 cent.; larg., 52 cent. chaque.

434 — Petit tapis étoffe soie, fond crème, à dessin rose et vert. xviie siècle.

> Haut., 80 cent.; larg., 98 cent.

435 — Deux grands morceaux (réunis) étoffe, fond satin bleu ciel, à dessin lamé argent. xviie siècle.

436 — Deux morceaux étoffe, fond satin crème, à dessin rose pâle. xviie siècle.

> Haut., 1 m. 90 cent.; larg., 55 cent. chaque.

437 — Deux morceaux étoffe, fond satin blanc, à dessin soie jaune. xviie siècle.

> Haut., 1 m. 96 cent.; larg., 50 cent. chaque.

438 — Morceau étoffe, fond satin blanc, à dessin blanc trame fil xviie siècle.

> Haut., 2 m. 88 cent.; larg., 2 m. 33 cent.

439 — Morceau étoffe, fond sergé vert, à dessin satin or. xviie siècle.

> Haut., 1 m. 98 cent.; larg., 58 cent.

440 — Morceau devant de chasuble, fond satin blanc, à dessin multicolore. xviie siècle.

441 — Morceau étoffe italienne, fond satin rose, dessin à raies brochées or. xviie siècle.

442 — Morceau étoffe italienne, fond satin jaune, à dessin noir. XVIIe siècle.

443 — Morceau damasquette, fond vert à dessin crème. XVIIIe siècle.

444 — Lot de morceaux étoffe italienne, fond repsé violet, à dessin broché or. XVIe siècle.

445 — Trois morceaux d'étoffe française, fond chaîne et trame fil lamé or. XVIIe siècle.

446 — Morceau étoffe, fond taffetas blanc, à dessin coloris varié. XVIIe siècle.

Haut., 59 cent.; larg., 48 cent.

447 — Trois morceaux brocatelle, fond jaune, à dessin satin et contour repsé bois. XVIe siècle.

448 — Fragment de lampas, fond satin vert, dessin crème. XVIIIe siècle.

Haut., 80 cent.; larg., 38 cent.

449 — Fragment de lampas, fond violet, dessin en crème. XVIIIe siècle.

450 — Fragment étoffe, fond lamé or, dessin en vert et broché or. XVIIe siècle.

451 — Fragment d'une étoffe, coloris vert et jaune, chaîne et trame fil. XVIIe siècle.

452 — Six fragments d'une chasuble, fond satin rose, dessin rouge et blanc, et broché or. XVIIe siècle.

453 — Deux fragments d'une étoffe, fond satin vert, le dessin en jaune et crème. XVIe siècle.

454 — Fragment d'une étoffe française, chaîne et trame fil. XVIIe siècle.

455 — Morceau étoffe, fond satin bois, dessin en coloris vert et bleu serti de blanc. xvie siècle.

456 — Morceau lampas, fond satin cramoisi, à dessin bois et crème. xviiie siècle.

457 — Deux fragments de damas jaune. xviie siècle.

458 — Trois bandes étoffe, fond satin vert, à dessin coloris varié serti de crème. xviie siècle.
Longueur totale, 6 mètres; larg., 16 cent.

459 — Trois fragments d'étoffe repsée, fond vert, à dessin lamé or. xvie siècle.

460 — Trois fragments d'étoffe damasquette, fond satin vert, dessin en blanc. xviie siècle.

461 — Fragment d'étoffe, fond taffetas blanc, à motif rose. xviie siècle.

462 — Deux fragments d'étoffe, fond taffetas blanc, à motif rose. xviie siècle.

463 — Cinq fragments soierie, fond satin, dessin soie or. xviie siècle.

464 — Etole, soierie fond blanc taffetas, à dessin vert, rose et rouge. xviie siècle.

465 — Lot de fragments étoffe, fond satin rose, dessin s'enlevant en vert et crème. xviie siècle.

466 — Dossier d'une soierie lampas, fond satin vert, à dessin s'enlevant en crème. xviiie siècle.
Haut., 60 cent.; larg., 55 cent.

467 — Lot de fragments de diverses étoffes, du xviie siècle.

468 — Deux morceaux d'étoffe française, à chaîne et trame fil. xviie siècle.

469 — Fragment de lampas, fond satin rouge, à dessin jaune. xviiie siècle.

470 — Deux fragments d'étoffe, fond rose, a dessin tramé argent. xviie siècle.

471 — Lot de vingt morceaux d'étoffe lampas, fond satin bleu clair, à dessin tramé fil blanc. xviiie siècle.

472 — Lot de neuf morceaux d'étoffe lampas, fond satin bleu clair, à dessin tramé fil blanc. xviiie siècle.

473 — Bande soierie, fond cramoisi damassé, à dessin broché en or. xviie siècle.

> Haut., 1 m. 35 cent.; larg., 25 cent.

474 — Deux morceaux soierie damasquette, fond rose, à dessin s'enlevant en crème. xviie siècle.

> Haut., 1 mètre; larg., 25 cent. chaque.

475 — Trois bandes soierie, fond chaîne soie rose, à dessin tramé en fil crème. xviie siècle.

> Haut, 1 m. 25 cent.; larg., 25 cent. chaque.

476 — Fragment d'étoffe, fond toile violet, tramée or. xviie siècle.

477 — Morceau de soierie, fond toile crème, à dessin crème et bois. xviie siècle.

478 — Deux morceaux de damasquette italienne, fond satin rose, à dessin s'enlevant en taffetas crème. xviie siècle.

> Haut., 72 et 81 cent.; larg., 52 cent. chaque.

479 — Morceau d'étoffe italienne, fond marron, à dessin broché or et argent. xviie siècle.

480 — Morceau d'étoffe italienne, fond satin bleu clair, à dessin broché or et argent. XVIIe siècle.

481 — Morceau d'étoffe soierie italienne, à dessin repsé cramoisi, sur fond tramé or. XVIe siècle.

Haut., 88 cent.; larg., 54 cent.

482 — Morceau damasquette, à dessin vert sur fond jaune. XVIe siècle.

483 — Fragment d'une bande, chaîne et trame en fil. XVIIe siècle.

Long., 2 mètres; larg., 26 cent.

484 — Lot de trois morceaux de bandes lampas, fond satin et gros de Tours, à dessin crème. XVIIe siècle.

485 — Deux morceaux de carré soierie, fond satin cerise, à dessin crème encadré d'un galon soie. XVIe siècle.

Dont un : Haut., 55 cent.; larg., 52 cent.

486 — Bande d'une étoffe soierie italienne, fond vert, à dessin tramé or. XVIe siècle.

Haut., 1 m. 08 cent. ; larg , 23 cent.

487 — Morceau brocatelle, vert et or. XVIe siècle.

Haut., 69 cent.; larg., 57 cent.

488 — Deux morceaux étoffe française, dessin chaîne et trame fil. XVIIe siècle.

Dont un : Haut., 1 m. 25 cent. ; larg., 54 cent.

489 — Etole, soierie fond satin avanturine à dessin broché soie et or. XVIIe siècle.

490 — Morceau étoffe, fond satin gros bleu, à motifs brochés argent et or. XVIIe siècle.

Haut., 78 cent.; larg., 40 cent.

491 — Lot de fragments de morceaux, fond satin vert, à dessin broché or et argent. XVIe siècle.

492 — Bande d'une soierie, fond satin cerise, à dessin broché or et argent. xvii° siècle.

Haut., 1 m. 28 cent.; larg., 26 cent.

493 — Quatre fragments d'étoffe, fond satin vert, à dessin broché or et argent. xvii° siècle.

494 — Carré étoffe, fond toile de soie rose, à dessin tramé fil blanc. xvi° siècle.

Haut., 50 cent.; larg., 52 cent.

495 — Morceau damasquette, fond cramoisi, à dessin crème. xvii° siècle.

Haut., 1 m. 50 cent.; larg., 50 cent.

496 — Deux morceaux damasquette, à dessin tramé soie or, sur fond cramoisi. xvii° siècle.

497 — Morceau étoffe française, à chaîne et trame fil crème et bleu. xvii° siècle.

498 — Fragment étoffe française, à chaîne et trame fil crème et bleu. xvii° siècle.

499 — Morceau étoffe, fond satin rose, à dessin soie or. xvi° siècle.

500 — Morceau étoffe, fond satin, à dessin crème. xvi° siècle.

Haut., 1 m. 20 cent.; larg., 57 cent.

501 — Fragment étoffe, fond satin vert clair, à dessin tramé fil bleu foncé. xvii° siècle.

502 — Morceau damasquette, fond satin rouge, à dessin tramé fil crème. xvii° siècle.

503 — Lot de morceaux damasquette, fond satin rose, à dessin tramé fil crème. xvii° siècle.

504 — Lot de fragments (grands morceaux) d'une étoff≥
fond tramé soie vert et lamé or, à dessin tramé fil
crème. xviiᵉ siècle.

505 — Lot de fragments (petits morceaux) d'une soierie,
fond satin rouge, à dessin tramé or et crème.
xviᵉ siècle.

506 — Fragment étoffe, fond satin vert pâle, le dessin
tramé soie or. xviᵉ siècle.

507 — Morceau lampas, fond satin or, dessin tramé soie
or. xviiiᵉ siècle.

> Haut., 1 m. 30 cent.; larg., 70 cent.

508 — Lot de grands morceaux lampas, fond satin cramoisi, à dessin tramé crème et vert. xviiiᵉ siècle.

509 — Fragment lampas, fond satin tramé crème.
xviiiᵉ siècle.

510 — Lot de petits morceaux étoffe robe, fond faille
blanche, tramée bleu et argent. xviiiᵉ siècle.

511 — Quatre morceaux lampas, fond satin bleu, à dessin
crème et maïs. xviiiᵉ siècle. (Dont 3 grands et 1 petit).

512 — Morceau lampas, fond satin tramé fil crème.
xviiiᵉ siècle.

513 — Morceau lampas, fond satin crème, à dessin s'enlevant en crème. xviiiᵉ siècle.

514 — Morceau étoffe, fond toile de soie, à dessin tramé
en fil rose et crème. xviiᵉ siècle.

515 — Lot de morceaux étoffe, fond satin rouge, à dessin
jaune. xviiiᵉ siècle.

516 — Lot de morceaux lampas, fond satin cramoisi, à dessin s'enlevant en crème et vert. xviiie siècle.

517 — Fragments lampas, fond satin cramoisi, à dessin crème. xviie siècle.

518 — Grand morceau lampas, à dessin chinois, fond satin bleu. xviiie siècle.

519 — Morceau lampas, fond satin bleu clair, à dessin crème et gris. xviiie siècle.

> Haut., 1 m. 02 cent.; larg., 52 cent.

520 — Grand morceau lampas, fond satin jaune, à dessin crème et rose. xviiie siècle.

521 — Morceau damasquette, fond cramoisi, à dessin tramé jaune fil. xvie siècle.

> Haut., 45 cent; larg., 1 m.

522 — Lot de vingt et un morceaux d'une étoffe fond gros de Tours, crème, à dessin vert et rose. xviie siècle. (Dont neuf grands).

523 — Deux morceaux soieries, tramées or et vert, sur fond taffetas blanc. xviie siècle.

524 — Morceau étoffe, fond toile de soie rouge, à dessin trame fil bois. xviie siècle.

> Haut., 1 m. 39 cent.; larg., 48 cent.

525 — Deux lés soierie, fond rose, à dessin damassé avec rayures rouges. xviiie siècle.

> Haut., 92 cent.; larg., 53 cent. chaque.

526 — Morceau soierie, fond satin vert, à dessin tramé or et argent. xviie siècle.

> Haut., 1 m.; larg., 53 cent.

527 — Deux morceaux soierie lampas, fond satin vert, à dessin tramé crème. xviiᵉ siècle.

> Haut., 98 cent.; larg., 53 cent. chaque.

528 — Morceau soierie italienne, fond satin rose, à dessin tramé or et argent. xviᵉ siècle.

> Haut., 54 cent.; larg., 53 cent.

529 — Morceau soierie, fond satin blanc, tramé or. xviiᵉ siècle.

> Haut., 55 cent.; larg., 52 cent.

530 — Quatre morceaux d'une étoffe damas de soie, à dessin camaïeu jaune. xviᵉ siècle.

531 — Morceau étoffe damasquette, fond rouge, à dessin tramé jaune. xviᵉ siècle.

> Haut., 1 m. 71 cent.; larg., 5o cent.

532 — Morceau d'une soierie, fond taffetas marron, à dessin blanc et or. xviiᵉ siècle.

533 — Morceau damas bleu pâle, avec travail de broderie argent et or. xviiᵉ siècle. (Grand morceau).

534 — Morceau soierie, fond satin marron, à dessin tramé crème et jaune. xviiᵒ siècle.

> Haut., 68 cent.; larg., 55 cent.

535 — Morceau soierie, fond vert fil à dessin soie jaune. xviiᵉ siècle.

> Haut., 48 cent.; larg., 5o cent.

536 — Deux morceaux soierie, fond satin marron, à dessin tramé or et crème. xviiᵉ siècle.

537 — Morceau d'une étoffe, à dessin chaîne et trame fil. xviiᵉ siècle.

> Haut., 1 m.; larg. 48 cent.

538 — Morceau étoffe française, fond satin crème, à dessin tramé blanc. XVIIᵉ siècle.

Haut., 97 cent ; larg., 51 cent.

539 — Morceau étoffe soierie italienne, fond satin corail, à dessin tramé crème. XVIIᵉ siècle.

Haut., 47 cent.; larg., 49 cent.

540 — Morceau étoffe italienne, fond satin rose à dessin tramé crème. XVIIᵉ siècle.

541 — Morceau étoffe italienne, fond taffetas bleu ciel, à dessin broché or et argent. XVIIᵉ siècle.

542 — Morceau d'une étoffe damasquette, fond satin rouge, à dessin satin blanc. XVIIᵉ siècle.

543 — Deux morceaux lampas, fond satin rouge, à dessin tramé crème et vert. XVIIᵉ siècle.

544 — Morceau soierie, fond taffetas blanc, à dessin blanc. XVIIIᵉ siècle.

545 — Lot de quatre morceaux de damas blanc. XVIIᵉ siècle.

546 — Lot de quatre morceaux de damas blanc. XVIIᵉ siècle.

547 — Robe défaite, fond taffetas marron, à dessin crème. XVIIᵉ siècle. (En 24 morceaux).

548 — Morceau soierie, fond taffetas vert armuré, à dessin tramé jaune. XVIIIᵉ siècle.

Haut., 90 cent.; larg., 54 cent.

549 — Morceau soierie damasquette, fond satin, à dessin tramé crème. XVIIIᵉ siècle.

Haut., 90 cent.; larg., 43 cent.

550 — Cinq morceaux soierie, fond taffetas violet, à dessin crème armuré. xviiiᵉ siècle.

551 — Lot de dix morceaux d'une étoffe lampas, fond satin cramoisi, à dessin : fleurs, rubans et attributs. xviiiᵉ siècle.

552 — Deux morceaux soierie, fond bleu gros de Tours armuré, à dessin tramé blanc. xviiᵉ siècle.

553 — Lot de morceaux d'étoffes, à dessins variés du xviiᵉ siècle.

554 — Chape défaite (deux pièces), soierie fond gros de Tours armuré, à dessin broché or et soie. xviiᵉ siècle. (Deux pièces à peu près égales).

555 — Robe défaite, soierie fond blanc armuré, à dessin fleurs brochées en soie et or. xviiiᵉ siècle.

Haut., 1 m. 58 cent.; larg., 1 m. 60 cent.

556 — Chape défaite, étoffe fond satin blanc damassé, à dessin fleurs, feuillages et vase broché or et soie. xviiᵉ siècle.

557 — Plusieurs lés (en 5 morceaux) d'une robe soie, fond taffetas blanc à petits bouquets brochés. xviiiᵉ siècle.

Dont 2 morceaux : Haut., 1 m. 20 cent.; larg., 53 cent.

558 — Lot de fragments d'une robe soie, fond taffetas bleu ciel, à dessins pékinés. xviiiᵉ siècle.

559 — Grand morceau de robe défaite, à courant de fleurs brodées en soie, sur fond pékin satin et cannelé crème. xviiiᵉ siècle.

560 — Robe démontée, fond satin crème, à motifs fleurs et feuillages brochés soie et or. xviiiᵉ siècle.

Haut., 1 m. 40 cent.; larg., 1 m. 78 cent.

561 — Lot de cinq morceaux étoffe, satin blanc damassé,
à motifs brochés soie et or. xviiie siècle.

> Haut., 1 mètre ; larg., 54 cent.

562 — Morceau étoffe de robe, fond taffetas citron, à
dessin soie et argent broché. xviiie siècle.

> Haut., 1 m. 10 cent.; larg., 66 cent.

563 — Quatre lés d'une étoffe soie, fond dauphine, ramage
de rubans et fleurs brochés. xviiie siècle.

> Haut., 1 mètre; largeur moyenne, 2 mètres.

564 — Morceau soierie, fond faille blanche, à dessin broché en soies, couleurs variées. xviiie siècle.

> Haut., 54 cent.; larg., 50 cent.

565 — Fragment de soierie, fond blanc armuré, à dessin
fleurs et feuillages brochés. xviiie siècle.

566 — Cinq fragments d'une étoffe soie, fond satin jaune,
à bandes bleues et dessin fleurs et feuillages variés
brochés. xviiie siècle. (Petis morceaux.)

567 — Morceau étoffe soie, fond gros de Tours violet, à
fleurs et feuillages brochés. xviie siècle.

> Haut., 49 cent.; larg., 52 cent.

568 — Lot de quatre morceaux soierie, de coloris divers.
xviiie siècle.

569 — Trois fragments étoffe soie, fond satin blanc
damassé, à fleurs et feuillages brochés. xviiie siècle.

570 — Morceau étoffe, fond gros de Tours bleu, à dessin
camaïeu, fleurs bleues avec bouquets brochés or. xvii^e
siècle.

> Haut., 90 cent.; larg., 52 cent.

571 — Morceau étoffe, fond faille damassée cramoisi, à

dessin fleurs et feuillages brochés soie et or. xviiie siècle.

> Haut., 1 m. 25 cent. ; larg., 52 cent.

572 — Morceau étoffe, fond gros de Tours violet armuré, à dessin fleurs et feuillages brochés soie et or. xviie siècle.

> Haut., 85 cent.; larg., 68 cent.

573 — Deux lés etoffe, fond gros de Tours vert armuré, à dessin tramé soies variées. xviie siècle.

> Haut., 1 m. 15 cent.; larg. 49 cent. chacune.

574 — Cinq lés d'une étoffe, fond satin blanc, à dessin fleurs et feuillages vert, rouge et jaune. xviiie siècle.

> Haut., 1 mètre; largeur moyenne, 2 m. 25 cent.

575 — Trois morceaux d'une étoffe fond satin olive, fleurs et feuillages brochés. xviiie siècle.

> Dont un : Haut., 1 m. 05 cent.

576 — Morceau étoffe, fond satin blanc, à dessin chinois, fleurs, feuillages, oiseaux et personnages brochés. xviiie siècle.

> Haut., 80 cent.; larg., 2 m. 35 cent.

577 — Morceau étoffe fond gros de Tours, blanc armuré, à dessin fleurs et feuillages brochés. xviie siècle.

> Haut., 92 cent.; larg., 50 cent.

578 — Morceau soierie, fond taffetas bleu, à ramages de bouquets et guirlandes brochés, soie et or. Époque Louis XV.

> Haut., 1 mètre; larg., 52 cent.

579 — Cinq morceaux d'une étoffe, fond gros de Tours blanc armuré, à dessin tramé de soies diverses. xviie siècle.

> Haut., 1 mètre; larg., 47 cent.

580 — Morceau étoffe, fond satin violet, à dessin broché, ramages de fleurs et feuillages coloriés. xviiie siècle.

Haut., 1 m. 97 cent.; larg., 53 cent.

581 — Lot composé d'un manipule et deux bandes soie, fond satin abricot, à dessin broché soie blanche, rose et chenille grenat. xviiie siècle.

582 — Fragment étoffe, fond gros de Tours armuré olive, à dessin blanc, rose et grenat. xviie siècle.

583 — Morceau étoffe, fond satin vieil or, à dessin chinois broché blanc et couleurs. xviiie siècle.

Haut., 97 cent.; larg., 75 cent.

584 — Fragment d'une étoffe, fond satin blanc, à dessin violet, rose et crème. xviiie siècle.

585 — Deux manches de robe, étoffe fond gros de Tours bleu clair, à dessin broché soie, crème et argent. xviie siècle.

586 — Morceau étoffe, fond satin crème, à dessin camaïeux fleurs et paysages bleus, et des brochés de couleurs. xviiie siècle.

587 — Deux fragments d'une étoffe, fond tramé or, armures variées, à dessin fleurs et ornements coloriés. xviiie siècle.

588 — Morceau étoffe, fond satin crème, à dessin fleurs et feuillages brochés soies et or. xviiie siècle.

Haut., 65 cent.; larg., 53 cent.

589 — Lot de cinq morceaux de différentes soieries brochées. xviiie siècle.

590 — Morceau soierie robe, fond taffetas crème, courant de fleurs brochées en couleurs. Époque Louis XV.

591 — Quatre morceaux étoffe, fond faille blanche, à dessin broché. xviiie siècle.

592 — Deux morceaux soierie, fond dauphine crème, à dessin panier fleuri, broché de couleurs. xviiie siècle.

Haut., 5o cent.; larg., 49 cent., chaque.

593 — Fragments de deux bandes soierie, fond dauphine crème, à dessin fleurs brochées en couleurs. xviiie siècle.

Long., 1 m. 18 cent., larg., 24 cent., chaque.

594 — Fragments de quatre bandes soierie, fond dauphine, à dessin fleurs brochées en couleurs. xviiie siècle.

Long., 1 m. 15 cent.; larg., 24 cent., chaque.

595 — Morceau soie, fond satin blanc damassé, à fleurs, fruits et feuillages brochés soie et or. xviiie siècle.

Haut., 89 cent., larg., 18 cent.

596 — Morceau soierie, fond satin blanc, à dessin ornements et fleurs avec attributs variés brochés. xviiie siècle.

597 — Morceau soierie robe, fond taffetas crème, à dessin fleurs et feuillages brochés en coloris. Époque Louis XV.

Haut., 80 cent., larg., 48 cent.

598 — Morceau soierie, fond gros de Tours vert armuré, à groupes de roses variées, brochées. xviie siècle.

Haut., 70 cent.; larg., 49 cent.

599 — Quatre bandes de fragments soierie, fond satin blanc, à dessin branchages de fleurs variées, brochés en soie couleurs et or. Époque Louis XV.

600 — Deux bandes soierie, fond taffetas blanc, lamé

argent avec montant fleurs brochées, couleurs et argent. xviiiᵉ siècle.

Longueur, ensemble, 1 m. 33 cent.; larg., 17 cent.

601 — Morceau soierie, fond faille armurée, à dessin fleurs variées brochées or. xviiiᵉ siècle.

Haut., 73 cent.; larg., 52 cent.

602 — Deux morceaux étoffes soierie, fond satin blanc, à dessin arbre, fleurs et fruits en coloris brochés. xviiᵉ siècle.

603 — Neuf morceaux soierie, fond taffetas blanc armuré, à dessins fleurs coloris et or, brochés. xviiiᵉ siècle.

604 — Morceau soierie, fond taffetas crème, à dessin fleurs variées et brochées. xviiiᵉ siècle.

605 — Morceau soierie, fond faille bleu pâle, à dessin coloris varié et broché. xviiiᵉ siècle.

606 — Lot de dix morceaux soieries, variées de coloris. xviiiᵉ siècle.

607 — Six fragments de bandes soierie, fond gros de Tours damassé, à motifs brochés, fleurs, draperies et fruits. xviiᵉ siècle.

608 — Lot de quatre morceaux soieries brochées. à coloris variés. xviiiᵉ siècle.

609 — Lot de cinq morceaux soieries brochées, à coloris variés. xviiiᵉ siècle.

610 — Morceau soierie, fond gros de Tours armuré violet, à dessin motifs fleurs, fruits et argent brochés. xviiᵉ siècle.

Haut , 90 cent.; larg., 47 cent.

5

611 — Morceau soierie, fond satin jaune, à dessin motifs fleurs, fruits, ornements et or brochés. xviiie siècle.

> Haut., 1 mètre; larg., 47 cent.

612 — Lot de soieries, à dessin coloris variés. xviiie siècle.

Haut. moyenne, 5o cent.; largeur moyenne, 5o cent. chaque.

613 — Morceau soierie, fond faille cramoisi armurée, à dessin fleurs brochées, coloris variés. xviiio siècle.

> Hauteur moyenne, 75 cent.; largeur moyenne, 85 cent.

614 — Deux morceaux soierie, fond taffetas cramoisi armuré, à dessin fleurs et feuillages brochés. xviiiu siècle.

> Haut., 1 m. 5o cent.; larg., 54 cent. chaque.

615 — Morceau soierie, fond satin blanc, à dessin ramage fleurs et fruits brochés soie et or. xviie siècle.

> Haut., 48 cent.; larg., 52 cent.

616 — Cinq morceaux soierie, fond taffetas armuré, à dessin fleurs et feuillages brochés. xviiie siècle.

617 — Six morceaux soierie, fond taffetas blanc armuré, à dessin fleurs et fruits et ors brochés. xviie siècle.

618 — Lot de trois morceaux soierie, à différents dessins et coloris. xviiie siècle.

619 — Lot de quatre morceaux soierie, à dessins et coloris variés. xviiie siècle.

620 — Lot de morceaux soierie, fond gros de Tours crème armuré, à dessins fleurs et rubans brochés. xviie siècle.

621 — Morceau soierie, fond dauphine violet, à dessin fleurs et feuillages brochés. xviiie siècle.

> Haut., 63 cent.; larg., 5o cent.

622 — Morceau soierie, fond blanc armuré, à dessin broché fleurs et fruits. xviie siècle.

> Haut., 50 cent.; larg., 52 cent.

623 — Morceau soierie, fond taffetas bleu pâle, à dessin fleurs et fruits brochés argent. xviie siècle.

> Haut., 50 cent.; larg., 50 cent.

624 — Lot de trois morceaux soierie, fond taffetas cramoisi armuré, à dessin broché. xviie siècle.

625 — Lot de six morceaux soieries, à dessins et coloris variés. xviiie siècle.

626 — Lot de trois morceaux soieries, à dessins et coloris variés. xviiie siècle.

627 — Morceau soierie, fond Dauphine, fond crème, à dessin fleurs brochées. xviiie siècle.

628 — Lot de quatre morceaux soieries, à dessins, fonds et coloris variés. xviiie siècle.

629 — Morceau soierie, fond satin jaune paille, à bouquets fleurs brochées. xviiie siècle.

> Haut., 85 cent.; larg., 95 cent.

630 — Lot de trois morceaux soieries, à dessins, fonds et coloris variés. xviiie siècle.

631 — Lot de cinq morceaux d'une soierie, fond taffetas crème damassé, à bouquets brochés. xviiie siècle.

632 — Morceau soierie, fond taffetas violet clair, à dessin, bouquets et fleurs brochés soie et argent. xviiie siècle.

> Haut., 1 m.; larg., 55 cent.

633 — Lot de huit morceaux soieries, à dessins, fonds et coloris variés. xviiie siècle.

634 — Lot de trois morceaux soieries, à dessins, fonds et
coloris variés. xviiie siècle.

635 — Morceau soierie, fond taffetas crème armuré, à
bouquets brochés. xviiie siècle.

636 — Lot de trois morceaux soieries, fond taffetas blanc
armuré, à dessins brochés. xviiie siècle.

637 — Deux morceaux soierie, fond gros de Tours
armuré, à bouquets coloris variés. xviie siècle.
Longueur totale, 1 m. 60 cent.; larg. 47 cent.

638 — Lot de six morceaux soierie, fond satin blanc
armuré, à dessin broché. xviiie siècle.

639 — Quatre morceaux étoffe, à fond lamé or damassé,
bouquets et guirlandes fleurs variées brochées. xviiie
siècle.
Hauteur moyenne, 50 cent.; larg. 53 cent.

640 — Lot de quatre morceaux d'une soierie, fond taffetas, à bouquets détachés brochés. xviie siècle.

641 — Lot de trois morceaux soieries, à dessins, fonds et
coloris différents. xviiie siècle.

642 — Lot de deux tapis de soie, fond taffetas, à dessin
fleurs en coloris, brochées argent. xviiie siècle.
Haut. 53 cent.; larg. 53 cent. chaque.

643 — Morceau soierie, fond gros de Tours jaune paille,
à motifs brochés. xviie siècle.

644 — Morceau soierie, fond vert clair, à dessin ramages,
fleurs et rubans brochés. xviiie siècle.
Haut., 45 cent.; larg., 48 cent.

645 — Deux bandes soierie, fond gros de Tours, blanc

armuré, à dessin fleurs et ornements brochés. xviiᵉ siècle.

Ensemble, long., 1 m. 90 cent.; larg., 27 cent.

646 — Morceau soierie, fond faille crème, à dessin broché or et violet. xviiiᵉ siècle.

Haut., 1 m. 50 cent.; larg., 55 cent.

647 — Lot de quatre morceaux soieries, variées de dessins et coloris. xviiiᵉ siècle.

648 — Etoffe de soie, fond gros de Tours, rouge armuré
à motifs brochés. Ornements et fleurs. xviiᵉ siècle.

Haut., 1 m. 05 cent.; larg., 53 cent.

649 — Jupe démontée soierie, fond faille armurée rouge,
à dessin broché or, argent et soies. xviiiᵉ siècle. (En
six lés de 1 mètre de haut, et largeur, 3 m. 24 cent.)

650 — Etoffe, fond damassé or, à motifs brochés fleurs
et feuillages. xviiiᵉ siècle.

Haut., 1 m. 20 cent.; larg., 54 cent.

651 — Morceau soierie, fond taffetas violet clair, à dessin ramage, bouquets et rubans brochés or et argent.
xviiiᵉ siècle.

Haut., 1 m. 05 cent.; larg., 1 m. 06 cent.

652 — Morceau d'une étoffe d'ameublement, soierie fond
serge-crème, avec dessin. Arbre, fleurs, bouquets et
écharpe bleue, brochés soie et chenilles de couleurs.
Epoque Louis XVI.

Haut., 1 m. 34 cent.; larg., 70 cent.

653 — Lot de quatre bandes étoffe soierie pour ameublement, fond armuré soie, à dessin rubans bleus et
fleurs variées. Epoque Louis XVI.

Long. totale, 5 m. 50 cent.; larg., 32 cent.

654 — Lot composé de deux étoles et un manipule, en
soieries tissées. xviiiᵉ siècle.

655 — Deux fragments de bordures, étoffe d'ameublement en soierie lampas brochée, fond satin bleu.
Epoque Louis XVI.

Long. totale, 2 mètres; larg., 24 cent.

656 — Etoffe fond Dauphine bleu clair, à dessin broché
fleurs, feuillages et rubans. xviiie siècle.

Haut., 1 m. 3o cent.; larg., 46 cent.

657 — Morceau étoffe, fond gros de Tours, blanc armuré,
à dessin fleurs et feuillages brochés. xviie siècle.

Haut., 74 cent.; larg., 37 cent.

658 — Morceau soierie, fond taffetas brun-rouge, à dessin ramages de bouquets et ornements coloris brochés. xviiie siècle.

659 — Morceau soirie, fond faille blanche armurée, à dessin ramage fleurs et feuillages en coloris brochés.
xviiie siècle.

660 — Lot de trois morceaux étoffes de soies, à dessins
et coloris variés. xviiie siècle.

661 — Lot de six morceaux étoffes de soies variées de
coloris. xviie et xviiie siècles.

662 — Deux bandes étoffe soie, fond repsé vert, à motifs
brochés. Ornements et fleurs. xviiie siècle.

Long. totale: 2 m. 35 cent.; larg., 26 cent.

663 — Morceau soierie, fond Dauphine blanc, à dessin
ramage de fleurs et feuillages brochés. xviiie siècle.

Haut., 98 cent.; larg., 91 cent.

664 — Morceau soierie, fond repsé bleu, à dessin camaïeu
bleu avec or et argent brochés. xviiie siècle.

Haut., 1 m. 12 cent.; larg., 54 cent.

665 — Morceau soierie, fond taffetas armuré crème, à
dessin fleurs, feuillages et ors brochés. xviiie siècle.
Haut., 76 cent.; larg., 54 cent.

666 — Lot de trois morceaux étoffes, variées de coloris.
xviiie siècle.

667 — Quatre bandes fragments d'une étoffe, fond satin
rose, à dessin fleurs et feuillages brochés. xviie siècle.

668 — Deux morceaux soierie, fond satin rouge, à dessin fleurs, feuillages et ornements. xviiie siècle.
Long. totale, 2 m. 65 cent.; larg., 54 cent.

669 — Lot de huit morceaux d'une étoffe, fond Dauphine
crème, à dessin broché, fleurs et feuillages. xviiie siècle.

670 — Deux morceaux d'une étoffe soierie, fond cannelé,
à dessin fleurs et feuillages brochés. xviiie siècle.
Long. totale, 1 m. 55 cent.; larg., 1 m. 47 cent.

671 — Lot de trois morceaux soieries, variées de dessins
et coloris. xviiie siècle.

672 — Morceau soierie, fond faille gris perle armuré, à
dessin broché, ramages fleurs et feuillages. xviiie siècle.
Haut., 1 mètre; larg., 53 cent.

673 — Lot de huit morceaux étoffes variées. xviii^e
siècle.

674 — Lot de treize morceaux étoffes, de soies variées.
xviiie siècle.

675 — Deux morceaux soierie, fond satin gris, à dessin
arbres et paysages camaïeu bleu, avec fleurs coloris
brochées. xviiie siècle.
Dont un : Haut., 1 m. 06 cent.; larg., 39 cent.

676 — Lot de cinq morceaux étoffes de soies variées.
xviiie siècle.

677 — Lot de dix-huit morceaux étoffes de soies variées.
xviiie siècle.

678 — Lot de quatre morceaux soieries diverses, à dessins et coloris variés. xviiie siècle.

679 — Lot de huit morceaux étoffes de soies diverses à
coloris variés. xviiie siècle.

680 — Lot de six morceaux (dont quatre bandes) d'une
étoffe soie pékinade fond dauphine, à petits dessins
coloris. xviiie siècle.

681 — Morceau soierie fond taffetas blanc, disposition
bouquets brochés sur rayures. xviiie siècle.
Haut., 88 cent.; larg., 57 cent.

682 — Morceau soierie fond pékin satin, à dessin petits
bouquets brochés. xviiie siècle.
Haut., 88 cent.; larg., 52 cent.

683 — Morceau soierie fond satin rose pâle, à rayures et
petits bouquets brochés. xviiie siècle.
Haut., 1 m. 98 cent.; larg., 48 cent.

684 — Jupe de soie, fond taffetas blanc armuré, à bouquets fleurs brochés. xviiie siècle.
Haut., 1 m.; larg., 3 m.

685 — Morceau soierie fond sergé blanc, à petits bouquets
brochés. xviiie siècle.
Haut., 93 cent.; larg., 47 cent.

686 — Lot de sept morceaux soieries, dispositions rayures
à dessins variés. xviiie siècle.

687 — Lot de quatre morceaux soieries à dessins et coloris variés. xviiiᵉ siècle.

688 — Cinq lés d'une tenture étoffe française fond satin vert, à dessin fleurs brochées couleurs et argent. xviiᵉ siècle.

Haut., 1 m. 72 cent.; larg., 2 m. 5o cent. chaque.

689 — Cinq lés d'une étoffe française, fond sergé, à dessin coloris broché. xviiᵉ siècle.

Haut., 1 m.; larg., 2 m. chaque.

690 — Deux morceaux soierie, fond gros de Tours armuré, à dessin fleurs coloris brochées. xviiᵉ siècle.

Hauteur moyennne, 7o cent.; largeur moyenne, 85 cent.

691 — Morceau soierie italienne, fond satin, à dessin broché or et couleurs. xviiᵉ siècle.

Haut., 1 m. 12 cent.; larg., 53 cent.

692 — Lot de huit morceaux soierie fond satin bleu, à dessin tramé crème et or. xviiᵉ siècle.

Haut., 1 m. o5 cent.; larg., 52 cent. chaque.

693 — Trois lés d'une soierie française, fond satin bleu gris, tramé crème et couleurs. xviiᵉ siècle.

Longueur totale, 3 m. 5o cent.; larg., 47 cent.

694 — Lot de cinq morceaux d'une étoffe française, fond satin bleu tramé crème et couleurs. xviiᵉ siècle.

Dont un : Haut., 9o cent.; larg., 85 cent.

695 — Lot de dix morceaux soierie française, fond satin à dessin broché or et couleurs. xviiᵉ siècle.

Dont un : Haut., 1 m. o5 cent.; larg., 52 cent.

696 — Deux morceaux étoffe française, fond satin vert, à dessin crème et brochés de couleurs. xviiᵉ siècle.

697 — Deux lés, d'une étoffe italienne, fond satin vert damassé, à dessin tramé blanc et couleurs. XVIIe siècle.

Haut., 1 m. 80 cent.; larg., 1 m. 10 cent. chaque.

698 — Morceau étoffe française, fond satin jaune, à dessin broché argent et couleurs. XVIIe siècle.

699 — Morceau étoffe française, fond taffetas violet, à dessin tramé crème. XVIIe siècle.

Haut., 1 m. 15 cent.; larg., 47 cent.

700 — Six lés d'une étoffe française, fond satin rose tramé blanc et vert. XVIIe siècle.

Haut., 1 m. 14 cent.; largeur moyenne, 2 m. 30 cent. chaque.

701 — Lambrequin, étoffe française, fond satin, à dessin crème et argent. XVIIe siècle.

Haut., 1 m. 42 cent.; larg., 1 m. 20 cent.

702 — Deux morceaux étoffe italienne, fond satin vert damassé, à dessin broché or et couleurs. XVIIe siècle.

703 — Lot de huit fragments de bandes d'un tissu soierie fond rose, broché argent et couleurs. XVIIe siècle.

704 — Morceau étoffe italienne, fond satin or, à dessin tramé or et fleurs brochées. XVIIe siècle.

705 — Morceau étoffe française, fond satin vert tramé blanc, et fleurs en couleurs brochées. XVIIe siècle.

Haut., 92 cent.; larg., 40 cent.

706 — Morceau étoffe italienne, à bandes, fond satin rose damassé, à dessin broché argent et couleurs. XVIIe siècle.

Haut., 1 m. 20 cent.; larg., 45 cent.

707 — Morceau étoffe française, fond satin rouge, à dessin tramé blanc avec fleurs brochées or et couleurs. XVIIe siècle.

Haut., 1 mètre; larg., 50 cent.

708 — Deux morceaux étoffe fond satin rose, à dessin crème tramé fil. xviiᵉ siècle.

Long., 90 cent.; larg., 25 cent. chaque.

709 — Morceau étoffe italienne, fond satin rose, brochée or, argent et couleurs. xviiᵉ siècle.

Haut., 55 cent.; larg., 50 cent.

710 — Morceau soierie italienne, fond satin rose damassé, à dessin broché argent, or et couleurs. xviiᵉ siècle.

711 — Deux morceaux étoffe italienne, fond jaune, à dessin tramé blanc et fleurs en couleurs et argent brochées. xviiᵉ siècle.

Haut., 46 cent.; larg., 52 cent. chaque.

712 — Morceau étoffe française, fond taffetas blanc, à dessin tramé blanc et couleurs brochées. xviiᵉ siècle.

Haut., 73 cent.; larg., 70 cent.

713 — Morceau étoffe italienne, fond satin bleu foncé damassé, à dessin tramé crème et couleurs. xviiᵉ siècle.

Haut., 60 cent.; larg., 70 cent.

714 — Lot de trois morceaux étoffe française, fond satin damassé, à dessin tramé crème et couleurs. xviiᵉ siècle.

715 — Morceau étoffe italienne, fond satin cramoisi damassé, à dessin broché or, argent et couleurs. xviiᵉ siècle.

Haut., 80 cent.; larg., 50 cent.

716 — Deux morceaux étoffe française, fond satin vieil or, à dessin tramé crème et vert. xviiᵉ siècle.

717 — Morceau étoffe française, fond satin bleu foncé, à dessin tramé crème et couleurs. xviiᵉ siècle.

Haut., 92 cent.; larg., 50 cent.

718 — Morceau étoffe italienne, fond marron, à dessin tramé crème et broché or et couleurs, xviiᵉ siècle.

Haut., 58 cent.; larg., 52 cent.

719 — Deux morceaux étoffe française, fond satin vert, tramé blanc et broché or et couleurs. xviiᵉ siècle.

Haut., 83 cent.; larg., 51 cent. chaque.

720 — Cinq morceaux d'une étoffe française, fond taffetas gris clair, à dessin broché argent et couleur. xviiᵉ siècle.

721 — Deux morceaux étoffe française, fond satin corail, à dessin tramé vert et or. xviiᵉ siècle.

722 — Morceau étoffe française, fond satin maïs tramé crème. xviiᵉ siècle.

Haut., 1 m. 45 cent.; larg., 53 cent.

723 — Sept morceaux soierie, fond satin rose tramé crème et couleurs. xviiᵉ siècle.

724 — Trois morceaux étoffe française, fond satin blanc tramé crème, broché or et couleurs. xviiᵉ siècle.

Dont un de 1 m. 28 cent. de haut. et 53 cent. de larg.

725 — Deux morceaux étoffe italienne, fond satin damassé corail, à dessin broché or et couleurs. xviiᵉ siècle.

Haut. totale, 1 m. 72 cent.; larg., 69 cent.

726 — Morceau d'une étoffe italienne, fond satin blanc damassé, à dessin broché soies et chenille. xviiᵉ siècle.

727 — Deux morceaux étoffe française, fond satin rose tramé crème, or et couleurs. xviiᵉ siècle.

728 — Morceau étoffe française, fond satin blanc damassé, à dessin tramé blanc et couleurs. xviiᵉ siècle.

729 — Morceau étoffe française, fond satin gris foncé, à dessin broché or et couleur. xviie siècle.

730 — Morceau étoffe française, fond satin corail, tramé crème avec brochés or et couleurs. xviie siècle.

Haut., 1 m. 38 cent.; larg., 5o cent.

731 — Morceau étoffe française, fond satin blanc armuré, et dessin avec brochés or et couleurs. xviie siècle.

732 — Morceau étoffe de soie, fond violet tramé crème. xviie siècle.

Haut., 1 m. 38 cent.; larg., 48 cent.

733 — Lot d'étoffes soieries à dessins et coloris variés. xviie siècle.

734 — Morceau d'une étoffe française, fond satin bleu, à dessin tramé blanc et couleurs brochées. xviie siècle.

735 — Lot de quatre morceaux soieries, fond satin, à dessins et coloris différents. xviie siècle.

736 — Morceau soierie italienne, fond satin damassé bleu, à dessin broché or et couleurs. xviie siècle.

737 — Lot de quatre morceaux étoffes soieries, à dessins et coloris différents. xviie siècle.

738 — Brocatelle, fond jaune or, à dessin cramoisi, xviie siècle.

Haut., 2 m. 34 cent.; larg., 57 cent.

739 — Brocatelle, fond jaune or, à dessin olive. xviie siècle.

Haut., 1 m. 9o cent.; larg., 70 cent.

740 — Trois lés brocatelle, fond blanc, à dessin cramoisi. xviie siècle.

Haut. totale, 5 m. 4o cent.; larg., 54 cent.

741 — Brocatelle, fond jaune or, à dessin vert. xvi^e
siècle.

> Haut. 2 mètres; larg., 83 cent.

742 — Brocatelle, tons sur tons cramoisi. xviie siècle.

> Haut., 1 m. 61 cent.; larg., 62 cent.

743 — Brocart fond jaune, à dessin blanc avec brochés
or et argent. xvie siècle.

744 — Bande brocatelle fond jaune or, à dessin violet,
avec armoierie brodée dans le bas.

> Haut., 1 m. 05 cent.; larg., 20 cent.

745 — Morceau brocatelle fond jaune or, à dessin cramoisi. xviie siècle.

> Haut., 57 cent.; larg., 56 cent.

746 — Brocatelle fond or, à dessin cramoisi. xviie siècle.

> Haut., 75 cent.; larg., 1 m. 18 cent.

747 — Deux morceaux brocatelle fond blanc, à dessin
rose. xvie siècle.

> Dont un: Haut., 84 cent.; larg., 58 cent.

748 — Trois lés brocatelle fond or, à dessin cramoisi.
xviie siècle.

> Dont deux: Haut., 98 cent.; largeur totale, 2 m. 18 cent.

749 — Quatre bandes brocatelle fond or, à dessin cramoisi. xvie siècle.

> Longueur totale, 3 m. 29 cent.; larg., 19 cent.

750 — Brocatelle fond or, à dessin rouge et brochés
bleus. xvie siècle.

> Haut., 1 m. 30 cent.; larg., 90 cent.

751 — Deux morceaux brocatelle fond or, à dessin rouge
et brochés bleus. xvie siècle.

> Dont un: Haut., 80 cent.; larg., 60 cent.

752 — Deux morceaux brocatelle fond blanc, à dessin
cramoisi. xvıᵉ siècle.

753 — Brocatelle fond jaune, à dessin cramoisi, bordée
d'un galon or. xvıᵉ siècle.

> Haut., 2 m. 10 cent.; larg., 60 cent.

754 — Deux morceaux brocatelle fond blanc, à dessin
cramoisi. xvıᵉ siècle.

> Haut., 1 mètre; larg., 34 cent. chaque.

755 — Cinq morceaux brocatelle fond jaune, à dessin
rose. xvıᵉ siècle.

756 — Bande travers de quatre lés, brocatelle fond jaune
or, à dessin rose. xvıᵉ siècle.

> Long., 1 m. 92 cent.; haut., 67 cent.

757 — Lot de morceaux de brocatelle fond rose, à dessin
or broché bleu. xvıᵉ siècle.

758 — Lot de quatre morceaux brocatelle, fond cramoisi,
à dessin or et partie broché en couleur. xvıᵉ siècle.

759 — Brocatelle fond jaune, à dessin cramoisi. xvıᵉ
siècle.

> Haut., 1 m. 37 cent.; larg., 55 cent.

760 — Bande étoffe italienne, fond toile de soie rouge,
à dessin tissé argent et or. xvıᵉ siècle.

> Long., 1 m. 27 cent.; larg., 16 cent.

761 — Trois fragments d'une brocatelle fond or, à dessin
cramoisi. xvıᵉ siècle.

762 — Lot de huit morceaux brocatelle fond jaune, à
dessin rose. xvıᵉ siècle.

763 — Cinq fragments d'une brocatelle fond or, à dessin
cramoisi. xvıᵉ siècle.

764 — Deux morceaux brocatelle, fond crème, à dessin vert. xviie siècle.

765 — Fragment d'une bande brocatelle, fond or, à dessin cramoisi. xvie siècle.

766 — Cinq morceaux d'une brocatelle, fond jaune, à dessin vert. xvie siècle.

767 — Deux morceaux d'une brocatelle fond or, à dessin rose. xvie siècle.

768 — Deux morceaux brocatelle, fond or, à dessin cramoisi. xvie siècle.

769 -- Quatre morceaux d'une brocatelle, fond jaune, à dessin cramoisi. xvie siècle.

770 — Lot de quatre fragments brocatelle, de différents dessins et coloris. xvie siècle.

771 — Bande brocatelle, fond jaune, à dessin vert. xviie siècle.

772 — Morceau brocatelle, fond jaune or, à dessin cramoisi. xviie siècle.

773 — Morceau brocatelle, fond jaune, à dessin rose. xvie siècle.

774 — Trois morceaux brocatelle, fond or, à dessin vert. xvie siècle.

775 — Morceau soierie, fond bleu pâle, gros de Tours armuré, à motifs fleurs et fruits brochés. xviie siècle.

776 — Morceau soierie, fond repsé marron, à dessin fleurs et ornements brochés. xviie siècle.

777 — Morceau soierie, fond satin blanc, à dessins ramages de fleurs variées, avec des brochés. xviiie siècle.

778 — Morceau soierie fond cannelé rouge, à dessin guirlandes et bouquets brochés. xviiie siècle.

779 — Lot de douze morceaux soieries, à dessins, fonds et coloris variés. xviiie siècle.

780 — Morceau soierie fond satin vert, à dessin chinois, brochés en crème et coloris. xviiie siècle.

781 — Lot de deux morceaux soieries, dessins, fonds et coloris variés. xviiie siècle.

782 — Morceau soierie fond dauphine bleu, à dessin tramé crème et fleurs brochées. xviiie siècle.

783 — Morceau soierie, fond taffetas blanc armuré, à dessin fleurs et fruits brochés. xviiie siècle.

784 — Morceau soierie, fond jaune or, gros de Tours armuré, à dessin fleurs et fruits brochés. xviie siècle.

785 — Morceau soierie fond satin blanc damassé, à dessin fleurs, feuillages et ornements brochés avec or. xviie siècle.

786 — Lot de fragments de petits morceaux soieries variées.

787 — Côté d'un gilet brodé, fond taffetas blanc. xviiie siècle.

788 — Morceau soierie italienne, fond satin rouge damassé, à dessin fleurs brochées or et couleurs. xviie siècle.

789 — Lot de deux morceaux soieries, fond satin, dessin et coloris différents. xviie siècle.

790 — Lot de deux morceaux soieries, coloris et dessin différents. xviie siècle.

791 — Lot de deux morceaux soieries à dessin et coloris différents. xviie siècle.

792 — Trois morceaux d'une étoffe soierie fond satin rose, à dessin tramé blanc et broché or. xviie siècle.

793 — Morceau d'une étoffe soierie, fond sergé corail, à dessin crème et violet. xviie siècle.

794 — Morceau étoffe italienne, fond satin vert damassé, à dessin broché or et couleurs. xviie siècle.

795 — Deux morceaux soieries, à fond et coloris différents. xviie siècle.

796 — Morceau soierie italienne, fond satin blanc damassé, à dessin broché or et couleurs. xviie siècle.

797 — Morceau soierie, fond satin bleu, à dessin tramé crème. xviie siècle.

798 — Cinq morceaux soierie, fond taffetas bleu clair, et tramé argent. xviie siècle.

799 — Deux morceaux soierie, fond satin bleu, tramé crème et couleurs. xviie siècle.

800 — Deux morceaux soierie fond satin rouge, à dessin tramé crème avec brochés de couleurs. xviie siècle.

801 — Morceau soierie, fond satin jaune, à dessin tramé crème. xviie siècle.

802 — Deux morceaux soieries, brochées or et argent, fonds et coloris variés. xviie siècle.

803 — Morceau soierie fond satin blanc, à dessin rose et crème. xvii° siècle.

Haut., 98 cent.; larg., 49 cent.

804 — Lot de cinq morceaux soierie, fond satin corail, à dessin broché argent et couleur. xvii° siècle.

805 — Lot de trois morceaux soieries, à dessins et coloris différents. xvii° siècle.

806.— Lot de quatre morceaux soierie, fond satin, avec dessin tramé crème et broché couleurs. xvii° siècle.

807 — Lot de quatre morceaux soierie, fond rouge, à dessin tramé crème et broché or et couleurs. xvii° siècle.

808 — Lot de cinq morceaux soieries, à fonds et coloris variés. xvii° siècle.

809 — Lot de sept morceaux soierie, fond satin jaune or, à dessin broché coloris. xvii° siècle.

810 — Lot de cinq morceaux soieries, à dessins fonds et coloris variés. xvii° siècle.

811 — Lot de trois morceaux soierie italienne, fond satin jaune, broché or et couleurs. xvii° siècle.

812 — Lot de neuf morceaux soieries françaises et italiennes, à fonds et coloris différents. xvii° siècle.

813 — Lot de dix-sept morceaux soieries, à fonds et coloris différents. xvii° siècle.

814 — Lot de onze morceaux soierie, fond satin jaune, à dessin broché argent et couleurs. xvii° siècle.

815 — Lot de douze petits morceaux soierie, fond satin

cerise, à dessin broché or, argent et couleurs. XVIIe
siècle.

816 — Lot de six morceaux soierie italienne, fond satin
or damassé, à dessin broché argent et couleurs. XVIIe
siècle.

817 — Lot de cinq morceaux soieries, à fonds et coloris
différents. XVIIe siècle.

818 — Lot de six morceaux soierie, fond rose, à dessin
broché or, argent et couleurs. XVIIe siècle.

819 — Lot de trois morceaux soieries françaises et italiennes, à coloris broché or, argent et couleurs. XVIIe
siècle.

820 — Lot de morceaux soieries, à dessins et coloris
variés, du XVIIIe siècle.

821 — Lot de morceaux soieries, à dessins et coloris
variés, du XVIIe siècle.

822 — Lot de treize morceaux de velours de Gênes, de
différentes grandeurs, du XVIIe siècle.

823 — Lot de vingt fragments de velours cramoisi, sur
fond satin blanc. XVIIe siècle.

824 — Lot de quatre morceaux de velours cramoisi, sur
fond satin blanc. XVIIe siècle.

825 — Lot de deux morceaux de velours cramoisi, sur
fond lamé or. XVIIe siècle.

826 — Lot de cinq morceaux de velours de soie bleu
foncé frappé. XVIIe siècle.

827 — Lot de cinq morceaux de soierie, fond satin, à

dessins, broderie cordonnet au point de chaînette. XVIIIᵉ siècle.

828 — Trois morceaux broderies de soies indiennes, sur fond toile. XVIIIᵉ siècle.

829 — Quatre morceaux d'un tapis broderie espagnole, cordonnet de soie rouge marron, sur fond satin blanc, XVIIᵉ siècle.

830 — Fragments de divers velours. XVIᵉ siècle.

831 — Fragments de divers velours. XVIᵉ siècle.

832 — Fragments d'un velours, tons sur tons vert. XVIᵉ siècle.

833 — Fragments de divers velours. XVIIᵉ siècle.

834 — Fragments de divers velours. XVIIIᵉ siècle.

835 — Fragments de divers velours. XVIᵉ siècle.

836 — Fragments de divers velours. XVIᵉ siècle.

837 — Fragment de divers velours. XVIᵉ siècle.

838 — Fragments de divers velours. XVᵉ siècle.

839 — Trois mètres soixante dix de galons de soie pour carosses. XVIIIᵉ siècle.

840 — Deux vieux tapis de Karamanie.

841 — Trois fragments de bordure tapisserie Aubusson. XVIIᵉ siècle.

842 — Fragments verdures de tapisseries flamandes. XVIᵉ siècle.

843 — Deux bordures tapisserie. xvie siècle.

843 *bis* — Morceau étoffe soierie, fond tramé argent, à dessin fleurs brochées couleurs. xviiie siècle.

844 — Quatre mètres trente centimètres de bordures tapisseries, fleurs, fruits, oiseaux et ornements. xvie siècle.

844 *bis* — Lot de cinq lés soierie, fond faille moirée, à dessin pekins et bouquets fleurs brochées. xviiie siècle.

845 — Morceau bordure tapisserie, à médaillons, personnages, ornements, fleurs et fruits. xvie siècle.
Haut., 1 m. 25 cent.; larg., 35 cent.

845 *bis* — Quatre morceaux étoffes françaises, coloris et dessins différents. xvii^o siècle.

846 — Ecran tapisserie au point, fond noir à personnages, fleurs et animaux. Epoque Louis XIV.
Haut., 68 cent.; larg., 56 cent.

846 *bis* — Deux morceaux étoffes italiennes, à dessins brochés argent, or et couleurs. xviie siècle.

847 — Deux morceaux écrans, tapisserie au point. Epoque Louis XIV.

847 *bis* — Huit morceaux d'une étoffe taffetas, à dessin ornements et fleurs, brochés or et couleurs. xviie siècle.

848 — Quatre morceaux de tapisseries au point. Époque Louis XIV.

848 *bis* — Treize morceaux de soierie fond de taffetas faille armuré, à dessin broché argent et couleurs. xviie siècle.

849 — Fragment d'un tapis indo-persan, ornements et fleurs brodés en soies cordonnets de couleurs, sur un fond satin blanc capitonné. xviii᷎ siècle.

849 *bis* — Quatre morceaux soieries, à dessins et coloris différents. xviii᷎ siècle.

850 — Morceaux d'une soierie, fond cannelé soie jaune, à dessin dentelles et fleurs tramées crème et bleu. xviii᷎ siècle.

850 *bis* — Trois morceaux d'une étoffe italienne, fond satin crème damassé, à dessin broché or, argent et couleurs. xvii᷎ siècle.

FAIENCES DE PERSE

ET DE RHODES

851 à 853 — Trois bordures faïence de Perse. xvi᷎ siècle.

854 à 856 — Trois bordures faïence de Perse. xvi᷎ siècle.

857 à 859 — Trois bordures faïence de Perse. xvi᷎ siècle.

860 à 862 — Trois bordures faïence de Perse. xvi᷎ siècle.

863 à 865 — Trois bordures faïence de Perse. xvi᷎ siècle.

866 à 868 — Trois carreaux faïence de Perse. xvi᷎ siècle.

869 à 871 — Lot d'une bordure et de deux fragments carreaux faïence de Perse. xvi᷎ siècle.

872 à 875 — Quatre carreaux faïence de Perse. xvi᷎ siècle.

876 à 879 — Quatre carreaux faïence de Perse. xvi᷎ siècle.

880 à 883 — Quatre carreaux faïence de Perse. XVIᵉ siècle.

884 à 887 — Quatre carreaux faïence de Perse. XVIᵉ siècle.

888 à 891 — Quatre carreaux faïence de Perse. XVIᵉ siècle.

892 à 895 — Quatre carreaux faïence de Perse. XVIᵉ siècle.

896 à 899 — Quatre carreaux faïence de Perse. XVIᵉ siècle.

900 à 903 — Quatre carreaux faïence de Perse et de Rhodes.

904 à 907 — Quatre carreaux faïences de Perse et de Rhodes.

908 à 911 — Quatre carreaux faïences de Perse.

912 à 915 — Quatre carreaux faïence de Perse.

916 à 919 — Quatre carreaux faïences de Perse et de Rhodes.

920 à 923 — Quatre carreaux faïence de Perse.

924 à 927 — Quatre carreaux faïence de Perse.

928 à 931 — Quatre carreaux faïences de Perse et de Rhodes.

932 à 935 — Quatre carreaux faïence de Perse.

936 à 939 — Quatre carreaux faïence de Perse.

940 à 943 — Quatre carreaux faïence de Perse.

944 à 947 — Quatre carreaux faïence de Perse.

948 à 951 — Quatre carreaux faïence de Perse.

952 à 955 — Quatre carreaux de faïence de Perse.

956 à 959 — Quatre fragments de carreaux de faïences, de Perse et de Rhodes.

960 à 966 — Sept fragments carreaux de faïences de Perse et de Rhodes.

967 à 974 — Huit fragments carreaux de faïences de Perse et de Rhodes.

975 à 980 — Cinq fragments de bordures et un carreau faïences de Perse. (Moderne).

CUIRS ANCIENS DE TENTURE

REPOUSSÉS, MARTELÉS ET PEINTS

981 — Trente fragments d'un cuir de tenture italien. XVIIe siècle.

982 à 1046 — Soixante-cinq fragments de bordures cuirs francais, flamands, italiens et portugais. XVIe et XVIIe siècles.

1047 à 1051 — Cinq morceaux cuirs de tenture français et flamands. XVIIIe siècle.

1052 à 1058 — Sept morceaux d'un cuir de tenture hollandais, ornements et chimères ors sur fond argent. XVIIe siècle.

1059 à 1060 — Deux morceaux cuirs de tenture, ornements fond or. XVIIe siècle.

1061 à 1067 — Sept morceaux d'un cuir de tenture hollandais, ornements, vases, fleurs et fruits. XVIIe siècle.

1068 à 1084 — Dix-sept morceaux cuirs de tenture, à

figures, oiseaux, ornements et fleurs. xvie et xvii^e
siècles.

1085 à 1094 — Dix morceaux cuirs de tenture hollandais.
xviie siècle.

1095 à 1106 — Douze morceaux cuirs de tenture, italiens
et flamands. xvie et xviie siècles.

1107 à 1116 — Dix morceaux cuirs de tenture flamands.
xviie et xviiie siècles.

1117 à 1132 — Seize morceaux cuirs de tenture français
et flamands. xviie siècle.

1133 — Panneau, projet de cuir pour tenture, style arabe,
composition de Léon Parvillé. xixe siècle.

1134 à 1145 — Douze morceaux cuirs de tenture flamands. xviie siècle.

1146 à 1156 — Onze morceaux cuirs de tenture flamands
et espagnols. xviie siècle.

1157 à 1168 — Douze morceaux cuirs de tenture flamands. xviie siècle.

1169 à 1177 — Neuf morceaux cuirs de tenture espagnols
et flamands. xviie siècle.

1178 à 1190 — Treize morceaux cuirs de tenture flamands. xviie siècle.

1191 à 1202 — Douze morceaux cuirs de tenture flamands. xviie siècle.

1203 à 1208 — Six morceaux cuirs de tenture flamands.
xviie siècle.

1209 à 1225 — Dix-sept morceaux cuirs de tenture espagnols. xvie siècle.

1226 à 1241 — Seize morceaux cuirs de tenture espagnols. xvie siècle.

1242 à 1257 — Seize morceaux cuirs de tenture espagnols. xvie siècle.

1258 à 1259 — Deux morceaux cuirs espagnols, pour devant d'autel. xviie siècle.

1260 — Morceau de cuir flamand pour tenture. xviie siècle.

1261 — Trois grandes feuilles de cuir de tenture flamand xviiie siècle.

1262 à 1277 — Seize morceaux de cuirs flamands et hollandais. xviie siècle.

1278 à 1300 — Vingt-trois morceaux cuirs de tenture flamands et hollandais. xviie siècle.

1301 à 1320 — Vingt morceaux cuirs de tenture français et flamands. xviie siècle.

1321 à 1345 — Vingt-cinq morceaux cuirs de tenture français et flamands. xviie siècle.

1346 à 1367 — Vingt-deux fragments cuirs de tenture français et flamands. xviie siècle.

1368 — Sept morceaux cuirs de tenture français et flamands. xviie et xviiie siècle.

1369 — Cinq panneaux, peinture sur bois, d'après des carreaux de faïences. xvie siècle. (Musée du Louvre).

1370 — Deux morceaux cuirs de tenture flamands. xviie siècle.

OUVRAGES D'ART DÉCORATIF

GRAVURES ANCIENNES
ET REPRODUCTIONS PHOTOGRAPHIQUES

1371 — *L'Art de la Décoration,* par Hoffmann et Kellerhoven. 1 vol. in-f°, relié, avec planches en noir et en couleurs. Paris, A. Lévy, édit., 1858.

1372 — *Le Métal,* par René Ménard. 1 vol. broché, in-4°. Paris, Librairie de l'Art, 1881.

1373 — *Les Loges du Vatican,* par Raphaël Sanzio. 14 planches gravées, in-f°. En album oblong broché. Édition italienne. Sans date.

1374 — *Musée de Dresde.* 160 planches, in-f°, en phototypie. Armures royales, en deux cartons de l'éditeur. Dresde, 1883-1884.

1375 — *Les Styles successifs.* 75 planches, in-f°, en photographie, en carton toile. Paris, Ponce Blanc, édit., 1874.

1376 — *La Broderie,* par L. de Farcy. 64 planches, in-f°, phototypie. En cartons, avec planches de texte. Angers, 1890.

1377 — *La Flore pittoresque,* par E. Müller. 23 planches, in-f°, en lithographie. Paris, Claësen, édit., 1872.

1378 — *La Grammaire de l'Ornement,* par Owen Jones. Planches en couleurs, in-f°, et planches de texte en anglais. London, 1856.

1379 — *Ornamente der Gewebe*, par Fischbach. 39 planches, in-fº, en couleurs. Paris-Claësen, édit.

1380 — *L'Ornement national russe*, broderies, tissus et dentelles. 75 planches, in-4º, en couleurs. Texte russe et français, 1872.

1381 — *Motifs d'ornementation*, par Martin Riesser. 35 planches détachées en lithographie. Paris, Ponce Blanc, édit.

1382 — *La Décoration au* xviiiᵉ *siècle*, par J.-B. Huet. 50 planches en phototypie (ouvrage complet en carton de l'éditeur). Paris, Calavas, éditeur.

1383 — *L'Ornement des tissus*, par Dupont-Auberville. 9 planches détachées in-fº, en couleurs, or et argent. Paris, 1877, et 6 planches doubles détachées, in-fº, en couleurs, or et argent, extraites d'un ouvrage de Décoration, édité à Leipzig, 1859. (Ensemble 15 planches en un carton).

1384 — Reproductions diverses, étoffes, broderies, tapisseries, meubles, etc. 31 planches photographies (en un carton). Paris, Calavas, éditeur.

1385 — Empire, papiers peints, bordures et ornements, 46 planches photographies (en 2 cartons), Paris, Calavas, éditeur.

1386 — Décoration, ornements, fleurs, attributs, etc., des xviiᵉ et xviiiᵉ siècle :

Ducerceau, 20 planches in-4º, en héliogravures. Cheminées, éditeur Calavas.

Péquegnot, 25 planches in-8º, gravées. Reproductions diverses. Ensemble 45 planches détachées.

1387 — Ornements italiens et français du xviie siècle, 16 planches en photographies.

1388 — Musée de Lyon, 32 planches détachées, photographies de soieries anciennes en différents formats.

1389 — Les tapisseries du Musée de Madrid, 130 photographies in-f° montées sur bristol.

1390 — Intérieurs de palais italiens et français. 74 photographies montées sur cartons (en formats divers).

1391 — Château de Bercy, 18 photographies montées sur carton.

1392 — Musées divers. Reproductions de tapisseries, tableaux, etc. 94 photographies, non montées, de divers formats.

1393 — Mosaïque italienne, du xviiie siècle, 16 planches in-f°, gravées noir et couleurs. Édition italienne.

CARTONS

1394 — N° 1. Contenant 83 copies d'étoffes diverses, au trait et en couleurs, faites dans les musées de France, de Londres, Berlin, Vienne, Dresde, etc.

1395 — N° 2. Contenant 75 copies d'étoffes diverses, au trait et en couleurs, faites dans les musées de France, de Londres, Berlin, Vienne, Dresde, etc.

1396 — N° 3. Contenant 42 copies d'étoffes et broderies orientales au trait et en couleurs.

1397 — N° 4. Contenant : 1° 13 gravures anciennes, portraits et paysages des xviie et xviiie siècles ; 2° 10 gravures-primes de la Société de Propagation des Livres d'Art.

1398 — Un rouleau contenant la copie complète, en huit parties, d'un tapis persan, exécutées au trait et en couleurs, au Musée de Vienne, grandeur de l'exécution.

DIVERS

1399 — 490 pochoirs japonais, grands et moyens, contenus dans une caisse.

1400 — Galons anciens de soie divers, en 17 paquets.

1401 — Déchets de galons anciens en or et argent, un paquet.

1402 — Franges d'or anciennes, 12 paquets.

1403 — Petits galons anciens en or et argent, des XVIIe et XVIIIe siècle, 24 paquets.

1404 — Petits galons anciens en or et argent, des XVIIe et XVIIIe siècles, 24 paquets.

1405 — Galons anciens en or et argent, des XVIIe et XVIIIe siècles, 12 paquets.

1406 — Galons anciens en or et argent, des XVIIe et XVIIIe siècles. 12 paquets.